KB094926

PERFECT ROAD

전진검 장편 소설

FUSION FANTASTIC STORY

퍼펙트 로드 2

전진검 장편 소설

초판 1쇄 찍은 날 § 2014년 8월 13일
초판 1쇄 펴낸 날 § 2014년 8월 19일

지은이 § 전진검
펴낸이 § 서경석

편집부장 § 권태완
편집책임 § 박은정

펴낸곳 § 도서출판 청어람
등록번호 § 제387-1999-000006호
등록일자 § 1999. 5. 31
어람번호 § 제1-1914호

주소 § 경기도 부천시 원미구 부일로 483번길 40 서경B/D 3F (우) 420-822
전화 § 032-656-4452 팩스 § 032-656-4453
http://www.chungeoram.com
E-mail § chungeorambook@daum.net

ISBN 979-11-316-9152-6 04810
ISBN 979-11-316-9150-2 (세트)

PERFECT ROAD

퍼펙트 로드

② 전진검 장편 소설

FUSION FANTASTIC STORY

도서출판 청어람

PERFECT ROAD

퍼펙트 로드

CONTENTS

제1장

도깨비 탈

F지구 현상범의 숫자는 발에 챌 정도다. 길가를 걸으면 스카우터가 5분에 한 번꼴로 붉은빛을 발했다.

이런 상황에서 한 명 잡고 넘기고, 한 명 잡고 넘기고 식으로는 끝이 없다.

현준 본인이 지치는 건 물론이거니와 그랬다간 아린을 하루에도 수십 번씩 호출하게 될 게 뻔했다. 현실적으로 불가능하다.

여기서 현준이 고안해 낸 게 포승줄이다. 굴비 엮듯이 죄인을 엮어 특정 숫자 단위로 처리하면 조금은 나으리라 생각했다.

어차피 분신술을 쓰지 않는 한 혼자서 하루에 처리할 수 있는 범죄자의 숫자에는 한계가 있었다. 포승줄을 이용하면 하루 여덟 명 잡을 걸 열 명도 잡을 수있었다.

삼베옷과 도깨비 가면, 거기다가 외 안경까지 착용했으니 가히 삼위일체(三位一體)라 할 수 있었다. 순식간에 모든 이의 시선을 끄는 건 당연한 일이었다.

"뭐야?"

"코스프레?"

길가를 지나는 사람들은 현준을 보곤 한 마디씩 던졌다. 남녀노소 할 것 없었다. 폭발적인 반응이었다.

'눈에 뜨이긴 하는구나.'

현준은 씁쓸하게 웃었다. 본의 아닌 퍼포먼스지만 어느 정도 예상한 바이기도 했다.

간혹 피에로 분장을 한 채 개점한 가게 앞에서 활동하는 행사도우미들이 있기야 했어도, 탈을 쓰고 다니는 이는 현준조차 한 번도 보질 못했다.

"도깨비다!"

"진짜 도깨비다!"

어디선가 튀어나온 아이들이 다가와 주변을 빙빙 돌며 연방 '도깨비다!' 라는 말을 반복했다. 가뜩이나 볼 것 없는

F지구에서 현준의 의상은 흥미를 유발하기에 충분했다. 어른들은 수상쩍게 여기고 멀리하지만 아이들의 경우는 또 달랐다.

시대가 변했으나 동화는 여전히 존재한다. 특히 예로부터 전해져 온 구전동화는 아이들에게 인기 만점이었다. 그리고 도깨비는 구전동화에서 단골로 출현하는 등장인물이었다.

아이들이 신기해하며 모여들 만하다.

'애들이 왜 이래?'

그야말로 창졸간의 일.

현준은 대여섯 명 아이들 사이에 갇혀 버렸다.

한숨을 내쉬며 현준이 입을 열었다.

"저리 가라."

"도깨비가 말했다!"

"우와!"

씨알도 먹히지 않았다.

"저리 안 가?"

"도깨비가 또 말했다!"

"우와!"

말 좀 한 게 뭐가 그리 신기한지.

'도깨비 무서운 줄 모르고.'

이쯤 되자 장난기가 샘솟았다.

현준은 살짝 무릎을 굽히고 앉았다. 그 뒤 한 여자아이의 눈을 정면으로 바라보면서 말했다.

"귀여운 꼬마 아가씨. 잡아먹히기 싫으면 얌전히 비키는 게 좋을 거야."

"잡아먹어요?"

여자아이의 눈동자가 커졌다. 조금은 겁을 먹은 눈초리다.

현준은 이마를 짚고 어깨를 들썩였다.

"도깨비를 괴롭히는 나쁜 아이는 한입에 잡아먹어 버린단 다."

여자아이가 몸을 부들부들 떨었다.

"아, 안 괴롭힐게요. 잡아먹지 마세요."

"어떻게 잡아먹어 줄까? 흐흐! 산 채로 튀겨먹는 것도 맛있 지."

딸꾹!

여자아이가 잔뜩 겁먹은 듯 딸꾹질을 했다. 다른 아이들도 마찬가지였다.

아이들이 다가온 것은 도깨비 모습을 한 현준이 신기해서 다. 동화 속 도깨비는 대개 무시무시하게 묘사되곤 했는데, 은연중 잠재해 있던 두려움이 이제야 발동된 것이다.

이내 자리에서 일어난 현준은 포효했다.

"으헝! 다 잡아먹어 버릴 테다!"

"으아앙!"

"도망가!"

아이들이 사력을 다해 도망갔다. 눈 깜짝할 사이 주변이 휑하게 비었다.

"가소로운 녀석들."

조촐한 승리의 여운을 즐기며 현준은 피식 웃었다. 요즘 애들은 담력이 약하다. 어렸을 적 자신이 자주 '겁 없는 놈'으로 불린 걸 떠올리면 가소롭기 그지없는 일이다.

"……헛."

현준은 눈을 크게 떴다.

'내가 방금 무슨 말을.'

이것이 메시아 효과란 말인가. 세뇌하듯이 '예전 말투'를 운운하더니 그만 자연스럽게 튀어나왔다.

중학교 2학년 시절부터 시작한 블로그. 그곳에서 사용한 말투가 여과 없이.

강도는 낮지만 이것은 전조였다.

본격적으로 시작되기 전의 여운 같은 것이었다.

현준은 고개를 세차게 저었다.

가면을 쓰고 옷차림을 바꿨다지만 인격마저 변하진 않았다.

한데, 이미 머릿속에서 없애 버렸다고 생각한 기억이 조금씩 재생되고 있었다.

"아니야. 나 그런 거 아니라고!'

삐익.

스카우터가 반응했다.

현준은 바로 발을 옮겼다.

상대는 건장한 남자다. 폭력전과가 상당한 악질적인 놈이었다.

길가를 거닐던 남자의 팔목을 붙잡은 현준이 말했다.

"죗값을 치르시오."

"넌 또 뭐야? 이거 안 놔?'

힘의 격차가 뚜렷하다. 남자가 거세게 손목을 털어봤지만, 현준은 요지부동이었다. 거대한 성벽처럼 굳건하기 그지없었다.

"이게 진짜 미쳤나! 죽고 싶어? 놔!'

현준은 상스러운 소리를 늘어놓은 남자에게 무심하기 그지없는 눈빛을 던졌다.

"당신에게 승산은 없소."

* * *

포승줄에 현상범들이 줄줄이 묶였다.

그 숫자만 열 명이다.

"읍!"

"읍읍!"

인체에 해가 없는 테이프로 입을 막았기에 줄줄이 묶인 열 명은 온몸으로 소리를 내지를 수밖에 없었다. 하지만 현준의 괴력을 감당하기엔 역부족이었다.

괴력.

능력을 얻은 처음부터 이런 힘을 지니진 않았다. 냄새나는 땀을 잔뜩 흘리고 난 뒤로 눈에 뜨일 만큼 강해진 것이다. 능력을 발휘하지 않아도 조무래기 현상범 열 명을 제압하는 것은 이제 일도 아니었다.

"……많네."

현준의 연락을 받고 온 아린이 어처구니없다는 눈빛으로 포승줄에 엮인 현상범들을 바라봤다.

이런 광경은 아린도 본 적이 없었다. 손과 입이 봉인돼서 꿈틀대는 현상범들이 어쩐지 지렁이 같았다.

"길드에 넘기는 건 안 되겠지?"

혹시 몰라 물었지만 역시였다. 아린이 고개를 끄덕이곤 말했다.

"딱 봐도 피라미들. 길드에서 안 받아줘."

"그래도 다 합치면 삼백쯤 될 텐데……."

"평균 30만 원. 인건비도 안 나와."

현준은 아쉽다는 듯 입맛을 다셨다. 5만 원, 심지어 10만 원짜리 현상금도 걸려 있었다. 민간인들이 개인적으로 건 현상금이었는데, 그런 것도 포함해서 경찰의 데이터망에 저장되어 있었던 모양이었다.

"그럼 하는 수 없이 서로 가야겠군."

현준은 적당히 현실과 타협했다. 딱히 다른 방법이 없었다.

"내가 처리할게."

"그래 주면 고맙지."

원래의 약속이 그랬다.

3일간 몸을 숨겨준 대가로 현준을 대신해 현상범들을 넘기는 것이다.

그 3일이 지났고, 길드 마스터가 이라크에 가 있는 한동안은 아랑곳 않고 아린도 마음껏 활동할 수 있었다.

'236만 원.'

세금이 아쉽기는 하나 하루 일한 것치곤 대단한 액수다.

티끌이 아니라 돌멩이쯤 되는 것 같았다. 이 기세면 금방 태산을 쌓을 수 있을 듯싶었다.

스카우터의 저력이다. 스카우터가 없었으면 보이는 범죄자 몇몇만 온갖 시간을 들여서 쫓고 있었을 터였다. 허탕 칠 일이 잦았을 것임은 두말할 필요가 없다.

시간절약. 효율의 극대화.

정말 자신에게 안성맞춤인 물건이었다.

"그 가면 귀여워."

갑작스러운 칭찬이었다.

하지만 현준이 착용한 도깨비 가면은 어딜 봐도 귀엽다는 감상과는 거리가 멀었다.

흉악하다면 또 모를까.

물론 개개인의 미적 감각은 다르다. 현준은 그것을 최대한 고려하여 말했다.

"그래? 너도 하나 줄까?"

"더 있어?"

"여유분 넉넉하게 샀지."

"하나 줘."

비싼 것도 아니고, 어차피 여유분은 두 개가 있었다. 앞으로 자주 부르게 될 건데 선물 삼아 하나 주는 것도 나쁘지 않겠다 싶었다.

고개를 끄덕인 현준이 포승줄을 끌었다.

"가자. 해 지기 전에 돌아가야지."

"응."

가까운 경찰서 근처에서 포승줄을 인계한 뒤 현준은 아린이 들어가고 나오길 기다렸다.

다행히 일 처리가 잘되었는지 30여 분이 지나자 경찰서를 나왔다.

아린은 현준을 향해 물었다.

"돈 입금되면 현금으로 주면 돼?"

"그게 제일 좋지."

"알겠어."

고개를 끄덕인 아린이 이동했다.

현준도 그 옆에 서서 움직였다.

가는 방향이 같았다.

'느낌이 묘하네.'

본래라면 3일이 지나고 길드로 돌아가야 하는 아린이었지만 웬일인지 돈을 주고 아예 차고를 월세방 삼은 것이다. 가끔 현준이 요리해 준다는 조건을 달고서 꽤 거금의 금액을 사용했다. 돈을 준다는데 마다할 순 없는지라 현준도 동의하였다.

가족 외의 사람과, 하물며 어여쁜 여자와 같이 집으로 돌아가는 감각은 생소하기 그지없었다.

가다가 갈라지긴 할 것이다.

방향이 같아도 차고와 집은 나름의 거리가 있었다.

차고가 집과 아주 가까웠다면 돈을 받은들 아린을 들이지 않았을 터였다. 현상범들의 위험성이 여전히 존재하는 탓이다.

현준은 코끝을 쓸며 아린을 슬쩍 바라봤다.

"차고에선 지낼 만해?"

"아늑해."

"그러냐. 다행이네."

솔직히 아늑하진 않은 거 같은데, 아린이라서 그런 걸까? 아늑함의 기준마저 다른 듯했다.

아린은 고개를 돌리곤 다짜고짜 자신의 요구사항을 입에 담았다.

"오늘 저녁은 파스타."

"……또?"

아린은 오늘 아침 역시 파스타를 요구했다.

요리를 해주거나, 요리한 음식을 차고로 가져다주는 일은 그다지 어렵지 않다.

아린이 충분히 맛있게 먹어주기 때문이다. 요리사의 최대 기쁨은 먹는 이의 찬사 아니겠는가.

하지만 파스타에 야채가 들어갔대도 영양의 균형을 생각해 보면 이틀 내리먹는 것은 좋지 않았다.

아린은 고집을 꺾지 않았다.

"파스타."

"살찐다."

아린이 고개를 저었다.

"나 먹어도 살 안 찌는 타입."

"너는 조금 전에 세상 절반 이상의 여자를 적으로 돌렸어."

상당한 숫자의 여자가 부러워할 만한 발언이었다.

아린은 눈을 깜빡였다.

"싸워?"

"수십억과 일의 대결이라. 볼 만은 하겠네."

압도적인 물량 앞에 장사 없다는 게 평소 현준의 지론이다. 아린이 코끼리라도 용감하게 달려드는 수십억 개미를 밟아 죽이는 건 있을 수 없었다.

개미 수십억이면 코끼리도 순식간에 뼈만 남게 될 것이었다. 그 모습을 상상하니 썩 유쾌하지는 않았다.

"파스타."

"아주 노래를 불러라."

*　　　*　　　*

F구역 현상범 소탕 작전은 순조롭게 진행되었다.

대부분이 피라미인 이상 현준의 상대가 될 리 만무하다. 별다른 저항도 못하고서 잡히는 일이 허다했다.

게다가 날이 갈수록 속도가 붙었다. 대충 속도의 추이를 보자면 하루에 한 명씩은 늘어나는 것 같았다. 십 일이 흐른 지금 현준은 하루에 스무 명 정도를 거뜬하게 잡았다.

이 정도가 되자 이상한 말투, 삼베옷과 외 안경을 낀 도깨비 탈에 대한 이야기는 날개 돋친 듯 퍼져 나갔다.

고작 10일.

그러나 F구역에서 귀가 좀 밝은 이라면 모두 도깨비 탈을 알고 있었다.

경찰들도 신경 안 쓰는 범죄자를 잡아들이는 일이니 일반 시민은 환호했다.

반대로 범죄를 저지른 현상범들은 언제 잡힐지 알 수 없어 하루하루를 전전긍긍하며 보내고 있었다.

바야흐로 영웅의 출현이었다.

일반적인 영웅과는 달리 겉모습이 다소 괴이했지만, 결과만 좋으면 어지간한 일은 평탄해지는 법이었다. 지금은 위압감을 준다는 측면에서 오히려 더욱 높은 점수를 받고 있었다.

그런 도깨비 탈의 정체를 궁금해하는 자가 많았다. 실제로 몇몇 이가 현준의 정체를 벗겨 내고자 갖은 수를 다 썼다.

하지만 결과는 항상 같았다. 정보를 더듬어 올라가면 언제나 아린이 나오는데다가, 조사 기록을 살피면 이상하게 중요한 부분 몇 곳이 유실되어 있었다.

메시아의 작품이었다. 덕분에 현준의 신비감은 상승했다. 가십거리를 좋아하는 이들이 그 신비감을 중점으로 이야기를 퍼 날랐다.

범죄자를 잡는 도깨비 탈은 고작 십 일 만에 하나의 전설마냥 취급되고 있었다. 현준을 따라 도깨비 탈을 쓰는 사람이 속속들이 나타나는 실정이니 말은 다했다.

오늘도 현준은 현상범을 잡기 위해 거리를 거닐었다.

현준의 발이 닿는 곳곳마다 소란스러워졌고, 주변에서 나오는 말은 대동소이했다.

"도깨비 탈이다!"

"도깨비 탈이 나타났다!"

삽시간에 인기인이 된 도깨비 탈. 하지만 인기만큼 문제도 많았다. 굳이 다가가지 않더라도 현상범들이 알아서 도망간다든가, 집 근처에선 갈아입을 엄두조차 내지 못한다든가 하는 것들이다.

아린을 부르는 것도 한결 조심스러워졌다. 기록으로 남는 부분이야 메시아가 처리할 수 있다지만 슬슬 제삼자의 시선도 의식할 때였다.

아린이 거주하는 곳이 집과 떨어진 차고라 할지라도 누군가가 현준과의 연결고리를 찾아낼 가능성이 아예 0은 아닌 것이다.

물론 어떤 이가 자신을 몰래 뒤따른다면 어지간해선 알아차리는 게 가능하다. 자신을 바라보는 그 시선을 현준은 동물적인 감각으로 잡아낼 수 있었다.

F구역 소탕 작전을 시작한 초반에야 그 감각을 꽤 신봉했지만 상상 이상으로 떠버린 지금, 슬슬 만에 하나라는 것을 생각해 봐도 나쁘진 않을 듯싶었다.

그 정도로 도깨비 탈의 인기는 하늘 무서운 줄 모르고 드높게 치솟는 중이었다. 정작 의도하지 않은 현준은 어안이 벙벙할 따름이었다.

「캐릭터 사업을 해도 되겠도다.」

두 주가량이 지난 날.

집에서 잠시 휴식을 취하던 현준에게 메시아가 느닷없이 제안했다.

"……캐릭터 사업?"

「도깨비 탈은 F지구를 관통하는 하나의 코드가 되었도다. 억압받고 분노를 표할 곳 없던 그들이 이제 하나, 둘 도깨비 탈을 외치기 시작한 것이도다. 악을 처벌하는 처벌자, 공명정

대한 정의의 사자로서 자리 잡아가고 있는 것이노라.」

"그러니까 네 말은, 도깨비 탈을 상품화시키자?"

「그렇도다.」

현준은 턱을 쓸며 의문을 표했다.

"과연 도깨비 탈이 그만한 상품가치가 있을까? 현상범을 잡고 유명해진 사람은 F구역에서도 제법 있는 걸로 아는데."

대중적인 인기는 아니지만 현상금 사냥꾼 중에서도 꽤 인기를 끈 사례는 몇 번이나 있었다. 그러나 단 한 명도 자신을 상품화시킨 이는 없었다.

「유명해진 이가 있다 한들 누구 하나 도깨비 탈처럼 선명한 이미지를 주지 못했도다. 또한, 사용자와 같은 퍼포먼스를 보여주지도 않았노라.」

딱히 의도하고 퍼포먼스를 보여준 기억은 없었다. 현준이 고개를 갸웃하자 메시아가 설명을 이었다.

「우선 가장 큰 포인트는 말투니라. 어느덧 사용자도 즐겁게 사용하게 된 그 말투가 도깨비 탈에 대한 사람들의 인식을 또렷이 하는데 큰 공헌을 했도다.」

"……네가 하라고 해서 한 거지 즐긴 건 아니야."

도깨비 탈을 쓰고 옷을 다르게 입으니 왠지 그에 걸맞은 말투도 사용해야 할 것 같았다. 거기에 메시아의 조언도 있어서 사용했을 뿐이다. 라고, 생각하며 현준은 소심하게 반론을 펼쳤다.

「이러나저러나 말이도다.」

"설마 다 계산한 거냐?"

도깨비 탈을 상품화할 계획을 말함이었다. 메시아는 순순히 답했다.

「가능성은 2할 미만이었노라. 사용자가 이리도 잘해낼 줄은 나 메시아조차 예상하지 못했도다.」

현준은 작게 투덜거렸다.

"귀신같은 놈."

「말투만이 아니도다. 포승줄을 이용한 것 역시 크게 작용했노라.」

"그거야 뭐…… 인신매매범이라고 착각 당해서 몇 번 곤란을 겪은 적이 있었지."

포승줄로 현상범의 손을 묶고 입을 봉하자 몇몇 사람이 현준을 인신매매범으로 몰아갔다. 묶인 이들이 죄를 저지른 범죄자라는 걸 인식시킨 다음에야 겨우 의심을 풀 수 있었다.

이후 현준은 아예 탈착 가능한 작은 보드를 사서 현상범의 등에 붙이고 다녔다. 보드에는 현상범이 일으킨 죄목이 적혀 있었다.

그로부터 이상하리만치 빠른 속도로 유명세를 타기 시작
했다.

'그것도 메시아 이놈이 관여한 건 아니겠지?'

현준은 의심의 눈초리를 던졌다.

메시아라면 충분히 가능한 일이었다.

「마지막 하나는 사용자의 활동 구역이노라. 영상매체를
통해 접하는 유명 가수나 배우 등은 주 무대가 C구역에 한정
되어 있도다. 군부대의 영웅이라 칭해지는 장군들도 A, B지
구를 나오는 일이 없다시피 하도다. 반면 사용자는 F구역을
중점으로 현상범을 소탕하고 있노라. 적어도 F구역 안에서
만은 확실한 영웅이며 캐릭터로 자리매김하고 있는 것이도
다.」

"도깨비 탈이 상상 이상의 인기를 끈 건 나도 동감하는 바
야. 그래서? 대체 무슨 사업을 하게? 참고로 말하는데 여기
사람들 주머니 여는 거 엄청 힘들다."

괜히 이곳이 F구역인 게 아니다. 거주자의 9할 이상이 하
루 벌어 하루를 사는 하루살이형 인간이었다. 가뜩이나 퍽퍽
한 삶. 여가 활동에 돈을 사용할 이는 극히 한정적일 수밖에
없었다.

「그 부분은 걱정하지 말지어다. 여윳돈이 적은 만큼 비교
를 하게 되고, 품질 좋은 물건을 저렴하게 구할 수 있다면 자

연스럽게 주머니는 열리는 법이노라. 때마침 사용자의 근처엔 돈 주고도 구할 수 없는 어마어마한 고급 인력이 있지 않더냐.」

메시아가 어마어마한 고급 인력이라 칭할 수 있는 이.

현준 본인일 리는 없고, 짚이는 사람이라면 한 명뿐이었다.

"아버지를 말하는 거야?"

「알아봤도다. 수많은 기록이 말소되어 있었지만 누가 뭐라 해도 그의 자동기계를 만드는 기술력은 세계 정상급이도다. 지금은 퇴출당해 아무런 의미도 없는 공장에서 그다지 창조적이지 못한 일을 매일 반복하고 있지만…… 솔직히 이해할 수 없도다. 그만한 기술력이라면 어디에서 뭘 해도 먹고살 수 있었을진대.」

현준은 한숨을 푹 내쉬었다.

아버지가 작은 공장에서 반복 노동만 반복하고 있는 것을 현준이라고 마음에 들어할 리 없었다.

"어느 높은 사람이 아버지를 많이 싫어하나 봐. 자동기계는 사용하는 프로그램 언어에 따라서 만드는 사람의 색깔이 들어갈 수밖에 없고, 그게 누군가에게 걸리는 것을 극도로 꺼리고 계셔."

현준은 침울하게 말했다.

아버지가 지금의 생활에도 불평불만 없이 지내는 이유였
다.

「사용자여. 색깔이 걸리는 게 꺼려진다면 해결 방안은 간
단하도다. 나를 사용하면 된다. 나 메시아는 모든 프로그램
언어를 다룰 줄 아노라. 게다가 이번 일에 그 정도로 복잡한
조작은 필요가 없도다.」

위성을 혼자서 만들 정도의 녀석이다. 어지간한 프로그램
언어를 다룬대도 놀라움은 없었다.

"정체를 알리면 안 된다며?"

「일전 사용자의 말을 듣고 많이 고민해 보았노라. 그러나
결론은 항상 같았도다. 사용자가 가족을 우선순위에 두는 한
나 역시 그를 따르는 것이도다.」

피식 웃은 현준이 메시아의 본체를 두어 차례 두드렸다.

"자식, 많이 발전했네."

「결정은 온전히 사용자의 몫이노라.」

"아직 무슨 상품을 계획했는지 못 들었어."

본래 현준은 돈을 모아 아버지를 위한 공장을 세울 생각이
었다. 자동기계는 만들지 못하겠으나 아버지가 원하는 일을
하실 수 있도록 말이다.

하지만 아버지가 다시 한 번 자동기계를 만드는 걸 보고 싶
다는 마음도 있었다. 하여간에 가장 마음에 걸렸던 소기의 문

제가 사라졌으니, 그를 위해서라면 웬만한 모험도 감수할 준비가 되어 있었다.

「손목시계도다.」

메시아의 말을 듣고 현준은 일순간 목이 멨다.

"……왜 하필 손목시계야?"

아버지는 새로 내정된 총리에게 손목시계를 선물하고 억울한 일을 당했다. 모든 직위의 박탈과 재산을 몰수당한 것이다. 잘못하면 아버지의 트라우마를 건드리게 될 수도 있었다.

「보고 싶을 때 볼 수 있는 가장 쉬운 위치이기 때문이노라. 생각해 보아라. 지치고 힘들 때 자신이 우상 하는 도깨비 탈이 새겨진 손목시계를 한 번 보는 것만으로도 시름을 해결할 수 있도다. 저렴하고 질까지 좋으니 감히 금상첨화라 해도 부족함이 없도다.」

"너무 비약 아니야?"

「F구역 사람들은 곧잘 다른 구역으로도 나가노라. C구역까지의 모든 구역을 돌아다니는 유일한 거주자들이기도 하도다. 그 때문에 그들이 차고 다니는 것 자체가 홍보가 될 수 있도다. 손목시계는 사치품 중 하나이니 싸고 질 좋은 물건은 이목을 끌 수밖에 없노라.」

"글쎄. 질을 따지자면 대량생산은 못할 테고, 거기다가 저

렴하기까지 하면 인건비가 안 들어도 수지타산에는 안 맞을
거 같다만……."

「거시적으로 보아라. 흔한 물건으로는 선점 효과를 보기
어렵도다. 아무도 따라 할 수 없는 기술과 가격으로 승부를
봐야 하도다.」

선점 효과.

도깨비 탈이 지금보다 유명해지면 확실히 그를 모방한 상
품들이 우후죽순으로 쏟아져 나올 수도 있었다.

하여, 결코 따라 할 수 없는 질과 가격으로 승부를 건다.
아버지를 따라 할 수 있는 기술자가 흔할 리 없거니와 메시
아마저 한 손 거들어 준다면 적어도 C구역 안에서는 무적이
었다.

단기간에 큰 수익을 거두진 못하겠지만 브랜드화에는 성
공할 수 있을 것이었다.

현준은 잠시 고민하다가 턱을 쓸었다.

"아버지가 동의하실지 모르겠어."

「그 문제는 나한테 맡길지어다.」

"네가 직접 해결하겠다고?"

「그는 자동기계 기술자도다. 다른 이보단 말이 통할 것이
도다.」

"좋아. 자리를 한 번 마련해 볼게."

결정을 내린 현준이 주먹을 불끈 쥐었다.

품목이 손목시계라는 게 자못 걸리긴 했지만…… 자신을, 나아가서 가족을 위한 일이었다.

지체할 틈은 없었다.

늦은 저녁.

현준은 가족을 모두 모아두고 재차 거미 모양의 메시아를 소개했다.

"아버지, 어머니. 그간 제 장난감으로 아셨겠지만 실은 이 녀석이 초인공지능 메시아 No.3입니다."

"그래, 그런 이름의 장난감이었지. 그런데 넘버 투나 원도 있는 거냐?"

"왜 그러는 거니?"

아버지와 어머니의 반응이었다.

경주는 짠한 눈초리로 현준을 바라봤다.

"오빠, 불쌍한 우리 오빠. 내가 강아지 한 마리 얻어올까?"

아무래도 믿지 않는 눈치다.

현준은 메시아에게 시선을 옮겼다. 평소에는 빠릿빠릿하게 움직이던 녀석이 오늘따라 느리다.

「……안녕하도다. 만나서 반갑노라.」

"와! 말투 최고다."

"음성 녹음된 게 조금 그렇구나."

"현준아, 왜 그러는 거니?"

경주, 아버지, 어머니 순이었다.

현준은 이마를 짚었다. 그리곤 슬쩍 고개를 돌려 메시아를 향해 작게 말했다.

"너 제대로 자기소개 안 할래? 아니면 뭐야, 창피해?"

「나는 사용자 친부와의 대면을 원했노라.」

"일일이 언제 다 통성명하려고 그래? 한꺼번에 하는 게 낫지."

현준은 내심 음흉하게 웃었다. 메시아는 자신 외의 사람과 대면하는 게 상당히 어색한 것 같았다. 특히 가족과는 제대로 된 말도 나눠본 적이 없었다.

'성장통이라 생각해라, 욘석아.'

고소를 머금은 현준이 헛기침을 내뱉었다.

"부끄러움이 많은 친구예요. 자, 박수로 맞아줍시다!"

짝짝짝!

아버지와 어머니가 현준을 따라 손뼉을 쳤다. 경주도 마지못해 손뼉을 두드렸다.

곧이어 메시아가 말했다.

「사용자 박현준을 서포트하는 초인공지능 메시아도다. 앞으로는 그대들의 생활권 확보에도 힘쓸 생각이니 잘 부탁하노라.」

"미안해, 오빠. 앞으로 내가 더 잘 놀아줄게. 혼자 얼마나 심심했으면 이런 걸 만들었겠어."

"녹음이 잘됐구나."

"현준아……."

자신에게 동정의 눈빛이 돌아오고 있었다. 현준은 손을 저었다.

"그런 거 아닙니다. 인공지능이에요. 그것도 프로그램된 가짜가 아니라 진짜요."

「사용자의 말이 맞도다. 인간의 모방 사고에서 한발 더 나아간 초인공지능이 바로 나이노라. 자동기계 기술자인 사용자의 친부라면 알아볼 수 있을 것이도다.」

인공지능이란 인간이 컴퓨터에 부여한 지능을 뜻하는 단어다. 그중 지능은 학습하는 능력을 가리킨다. 하지만, 요즘의 인공지능이라 칭하는 것들은 학습하지 않고, 처음부터 모든 답을 알고 있는 정보검색 유의 프로그램을 뜻하게 되었다.

결국, 진정한 의미에서의 인공지능은 아니었다. 그런데 초인공지능은 무어란 말인가.

아버지가 고개를 갸웃하며 물었다.

"학습하는 게 가능하다는 건가?"

「그렇도다. 나는 완전하지만, 또한 불안전하도다. 그 부족한 부분을 사용자를 통해 배우는 중이도다.」

"무엇을?"

「차가운 기계에겐 존재하지 않는 것을 학습하노라.」

"차가운 기계에겐 존재하지 않는 것이라…… 인간의 감정을 말하는 모양이군."

「궁극적으로는 비슷하도다.」

아버지는 인상을 찌푸리곤 고개를 돌렸다.

"인공지능의 금기를 어겼군. 현준아, 확실히 평범한 프로그램은 아닌 듯하구나."

현준이 말했다.

"인공지능의 금기요?"

"우리는 모든 자동기계를 만들 때 인공지능에 진정한 지성을 부여하진 않는다. 아니, 하고 싶어도 할 수 없지. 그래서 그들은 학습한다거나 인간을 모방한다는 말을 사용하지 못해. 처음부터 대부분의 대답을 알고 있는 정보검색 유의 프로그램이 학습할 것이라곤 숫자로 나열할 수 없는, 극히 제한적인 부분이니 말이다."

예컨대 숫자로 나열할 수 없는 것들이란 인간의 감정과 같은 것이었다.

아버지의 눈이 지혜로 가득하였다. 오로지 흥미만을 가지고 메시아를 대하고 있었다.

'다행이다.'

이런 아버지의 모습은 오랜만에 봤다.

A지구에 있을 어린 시절을 제외하면 거의 처음과 같았다.

현준은 내심 안도의 한숨을 내쉬었다.

메시아와 아버지의 대면이 앞으로 어떠한 시너지 효과를 낳을지는 모르겠지만, 신선한 자극이 되어줄 것임은 분명해 보였다.

귀신이 곡할 노릇이었다.

고작 반나절. 메시아가 아버지를 설득하는 데 성공한 것이다. 아버지의 반응을 보고 가능하리라고 생각은 했지만 이처럼 빠르게 설득될 줄은 예상하지 못했다. 현준의 생각을 아득히 뛰어넘는 속도였다.

아버지는 메시아에게 아주 관심이 많은 것 같았다. 집에 돌아오거든 언제나 메시아와 대화를 이어나갔다. 주로 알 수 없는 단어의 나열이 되기 십상이었으나 그 번쩍이는 현안(賢顏)을 보자면 있던 불만도 들어갔다.

대화는 항상 저녁 늦게까지 이어졌다. 수면 시간마저 위협하여 경주와 어머니의 눈총을 사는 일이 잦았다. 아무리 불만이 없대도 수면을 방해하면 사람은 날카로워지게 마련이었다. 그러면 아버지는 메시아와 함께 바깥에서 남은 이야기를 진행했다.

「그 수식은 살짝 변형하는 게 좋겠도다. 그대에게 최적화되어 있음에는 분명하나 범용적이지 못하도다. 조금 더 간소화할 필요가 있어 보이노라.」

"간소화라……."

「물론 이것은 어디까지나 나 메시아의 개인적인 견해에 불과하노라. 그대가 짜낸 수식은 특정 분야에서만큼은 독보적인 효율을 낼 수 있을 것이도다. 너무 복잡하여 삼십 년도 더 전에 사장된 것을 용케 여기까지 변형시켰군. 대단하도다.」

"내 고집일 뿐이지. 프로그램에 직접 짜 넣으면 너무 무거워져."

「원래 선구자는 이해받지 못하는 법이도다. 나 메시아와 함께 고민하면 수식을 완성하는 데 걸리는 시간을 단축할 수 있을 것이도다.」

"후후. 같이 고민하다니. 웬만한 인공지능이라면 필요 없다고, 불가능하다고 못을 박을 거다. 너를 만든 과학자가 누구인지 알려주면 고맙겠구나."

「리베로 박사도다.」

"처음 듣는 이름이군."

문제는 바깥에서 대화해도 내용이 전부 들린다는 것이다. 바로 옆에서 듣는 것보단 낫다는 것에 위안을 둔 채 아버지를 제외한 가족은 잠을 청하고 있었다.

"오빠, 자?"

"아니…… 왜?"

막 잠이 들기 직전이었다. 비몽사몽한 정신으로 현준이 답하자 경주가 말했다.

"그 손목시계 말이야."

현준은 눈을 비비며 경주를 바라봤다. 전혀 졸리지 않은 듯 지척에서 경주가 눈을 빛내는 중이었다.

손목시계에 관한 건은 어느 정도 가족에게 공개해 놓은 상황이었다. 그러나 진행은 온전히 현준과 아버지의 몫이었다. 경주가 손목시계에 관한 건을 물어온 건 의외의 일이었다.

경주는 잠시 뜸을 들이곤 입을 열었다.

"디자인 내가 해도 괜찮을까?"

"디자인을?"

"응. 꼭 해보고 싶었어."

한 상품의 디자인이라는 것은 안에 든 내용물만큼이나 중요한 요소였다. 본래라면 심사숙고하여 따지고 결정해야 할 것일진대 경주가 직접 지원한 것이다.

현준은 작은 목소리로 물었다.

"네가 디자인을 어떻게 해?"

하지만 디자인은 그냥 겉모습만 그린다고 완성되지 않았

다. 섬세한 부분까지 모두 표현할 수 있어야 했다. 전문적으로 공부하지 않는 한 일반인이 그 정도의 표현을 하기란 거의 불가능했다.

"기다려 봐."

자리에서 일어난 경주가 가방을 뒤적이며 노트 한 권을 꺼내왔다.

"이거 봐."

노트를 주룩 펼치다가 자신의 실수를 깨닫곤 작게 웃었다.

"맞다. 잘 안 보이지?"

지금은 밤이다. 불빛 하나 들어오지 않는다. 경주가 노트를 가져올 수 있었던 건 어둠에 눈이 적응이 되어서지, 그려진 내용물을 보는 것은 전혀 다른 문제였다. 그러나 현준은 노트의 내용물을 웬만큼 자세히 볼 수 있었다.

'허.'

현준은 잠이 싹 달아남을 느꼈다. 경주가 내온 노트엔 여러 물건의 밑그림이 그려져 있었다. 눈에 익은 디자인도 있었고, 아예 처음 보는 종류도 있었다.

"이거 네가 다 그린 거야?"

"응. 보여?"

"대충은."

대답을 하면서도 현준은 노트에서 시선을 떼지 못했다.

'아무것도 모르는 내가 봐도 꽤 잘 그린 거 같은데. 애가 이런 재능이 있었던가?'

어렸을 적 그린 낙서와는 차원이 다르다. 게다가 현준은 경주가 아예 이런 쪽으로 관심이 있었다는 것조차 모르고 있었다.

무관심 때문은 아니다. 경주는 자신에 대해 밝히는 것을 꺼렸다. 농담으로 신비주의 컨셉이냐 물은 적이 있긴 했지만…… 혼자서 디자인 공부를 하고 있었을 줄이야.

"할 수 있겠어?"

"최선을 다할게."

의지가 엿보였다.

'아직 결정된 건 없으니까.'

이제 계획을 짜나가는 단계였다. 디자인을 어떻게 할지는 정해진 바가 전혀 없었다.

정해진 바가 없다지만, 간단히 정할 생각 역시 없었다. 최소한 아버지와 메시아를 만족시킬 수 있는 수준이어야 했다.

아버지는 자신이 진행하는 작업에 관해선 잣대가 엄격한 사람이었다. 딸인 경주라도 엄격하게 심사해 줄 것이다. 메시아는 두말할 필요가 없었다.

"네가 그린 디자인이 채택되지 않을 수도 있어."

미리 전한다.

안 되면 실망할 수도 있기 때문이다.

가족의 불화로도 번질 수 있기에 사전에 방지하는 게 나았다.

"괜찮아."

경주가 열렬하게 고개를 끄덕였다.

흔쾌한 승낙.

걱정할 필요는 없는 듯했다.

당장 노트 한 권만 보고 모든 걸 판가름할 수는 없었다. 현준은 디자인에 관한 명확한 지식도 없는데다 그림을 볼 줄 아는 눈도 없었다. 결정은 메시아와 아버지가 내릴 것이다.

잠시 고민한 현준이 말했다.

"나는 찬성하는 방향이지만 나 혼자 동의한다고 일이 진행되진 않아. 한 번 논의를 해볼게. 아, 모두 찬성하더라도 공부를 게을리하는 건 말도 안 돼. 무슨 뜻인지 알지?"

혹여나 공부시간에도 디자인을 그리고 있을 걸 염려하여 꺼낸 말이었다. 그것이야말로 주객전도였다.

"응. 고마워, 오빠."

현준은 눈을 동그랗게 떴다.

경주가 이런 솔직한 발언을 꺼내는 건 처음 보았다.

"내일은 해가 서쪽에서 뜨겠네."

경주가 이불 안으로 들어가며 말했다.

"……어쩌면 그 해를 영영 못 볼지도 모르지."

"창피해하긴."

현준은 피식 웃고 말았다.

경주는 까다롭기는 하지만 귀여운 면도 있었다.

아르바이트를 강제로 그만두게 한 것에 관해서 안 그래도 조금은 미안한 마음을 가지고 있었는데, 이번 기회를 발판 삼아 조금은 해결할 수 있을 것 같았다.

'나도 슬슬 자야겠다. 내일부턴 더 바빠질 거야.'

도깨비 탈을 상품화하려거든 현준이 지금보다 열심히 활동할 수밖엔 없었다.

바쁜 하루가 예상되는 가운데, 현준은 슬쩍 고개를 돌려 문쪽을 쳐다봤다.

"허허! 진짜 사람이랑 대화하는지 헷갈리는군. 정교한 인공지능도 조금은 티가 나게 마련이건만……."

「괜히 내가 초인공지능인 게 아니노라.」

아버지와 메시아는 여전히 대화 삼매경이었다. 작게나마 목소리가 들려왔다.

현준은 고개를 내저으며 자리에 누웠다.

경주의 새로운 면모를 발견했으니 잠을 조금 늦게 자는 것도 개의치는 않았다.

'기대가 안 된다면 거짓말이겠지.'

경주는 긴장이 해소되어 금세 잠들었지만, 반대로 현준은 그 기대감 덕분에 잠을 살짝 설칠 것 같은 기분이 들었다.

그만큼 동생의 재능을 알았다는 것에 현준은 환호하는 중이었다.

마치 자신의 일처럼 기쁘기 그지없었다.

도깨비 탈을 쓰는 어제와 오늘의 느낌이 사뭇 달랐다. 매일 색다른 느낌을 받는 중이었다. 자신을 바라보는 사람들의 시선 때문일까?

상당히 유명해진 탓에 포승줄로 여러 명을 묶고 다니는 건 어렵게 됐지만 대신 한 명, 한 명 온 힘을 다해 잡았다. 호랑이가 토끼를 잡을 때도 전력을 기울이듯이 말이다.

아니, 현상범을 잡는 일에서 더 나아가 F구역의 치안도 살피고 있었다. 도깨비 탈을 확실하게 영웅화시키겠다는 작전에 동의한 이상 자잘한 현상범만 잡고 있을 수는 없는 노릇이었다.

수익이 다소 줄어들어 아쉽기는 하지만, 현준은 거시적으로 보았다. 거기다가 아버지의 재기를 위함이다. 돈 몇 푼 덜 벌더라도 그 이상의 이득과 같았다.

「3동 4로 16. 강도 사건이 발생했도다. 위치를 띄워주겠노라.」

스카우터도 나날이 진화하는 중이었다. 단순히 현상범만 특정할 수 있던 것에서, 지금은 위성으로 쏘아지는 지도를 수신받는 일도 가능했다.

디자인은 그대로였지만.

외 안경을 착용한 사람만 볼 수 있는 홀로그램이 바로 앞에 그려졌다. 현재 현준이 있는 곳에서 강도 사건이 발생한 장소까지를 그려놓은 상세한 지도였다.

지도를 본 현준은 혀를 찼다.

"너무 먼데? 10분은 걸릴 거야."

「3분 안에 가야 하도다. 아이 둘밖에 없노라.」

메시아가 다른 화면을 띄워 줬다.

이번엔 재생되는 화면이었다.

빈민가의 작은 집 안으로 침범한 강도와 벽 끝에 몰려 몸을 떠는 아이 두 명의 모습이 비치고 있었다. 내부 사정이 자세하게 보이지는 않았지만 한시가 다급하다는 거 하나는 분명했다.

"망할!"

현준은 냅다 달리기 시작했다.

본래는 경찰이 수행해야 할 일.

그러나 신고하면 언제나 늦는 게 그들이다. 적어도 F구역에선 그랬다.

현준의 등 뒤로 화염이 이글댔다.

마치 불꽃의 날개라도 생긴 것 같이 펄럭이는 화염.

10분 거리를 3분으로 줄이기 위해서다. 능력을 발휘할 수록 신체의 한계 또한 상승했다.

현준이 달리자 길가에 강한 돌풍이 불었다.

쏜살같이 내달린 현준은 빈민가에 도착했고, 그 즉시 강도가 든 집의 창문을 뚫고 들어갔다.

와장창!

창문을 깨고 집 내부로 들어가자 복면을 쓴 강도가 눈에 보였다. 강도는 한 손에 칼을 쥐고 아이들을 위협하고 있었다.

"너, 넌 도깨비 탈!"

느닷없이 등장한 도깨비 탈을 바라보며 강도가 경악에 찬 음성을 내뱉었다.

현준은 아이들이 무사한 걸 확인했다. 아직 일이 벌어지기 전인 것 같았다. 내심 안도하며 분위기를 잡고 말했다.

"……세상이 핏빛으로 물들 시간이군."

"네가 왜 여기에?"

"너와 같은 이유다. 남의 것을 약탈하기 위해서. 나는 지금부터 너의 목숨을 약탈해 보이겠다."

"샤앙!"

획!

강도가 날카로운 칼을 휘둘렀다.

그에 아랑곳하지 않고 현준은 가소롭다는 듯이 말했다.

"자, 만찬의 시간이다. 자신의 피로 배를 불릴 준비는 되었나?"

"개소리……!"

화르륵!

현준의 등 뒤로 불꽃이 더욱 강렬하게 타올랐다.

그러나 닿는 물건을 태우진 않았다. 그 열기는 오로지 강도에게만 느껴지고 있었다.

꿀꺽!

강도는 침을 삼켰다.

'불 도깨비가 왜 여기에?'

보통은 도깨비 탈이라 불리지만 몇몇 소수에겐 불 도깨비라고도 불리고 있었다.

이상한 말투, 이상한 옷차림. 온몸에서 불을 내뿜어 적을 깡그리 태워 버리는 불 도깨비.

틀림없었다.

감히 대적할 수 없다고 여겨지며 F구역 범죄자들에겐 주의할 인물 1순위가 된 녀석이 왜 이곳에 있단 말인가.

"오지 마! 아이들이 죽는 걸 보기 싫으면!"

강도는 싸울 생각을 접었다.

대신 아이들의 목에 칼을 들이밀었다.

"사, 살려주세요."

"흐아앙. 잘못했어요."

고작 여덟, 아홉 살 정도로 뿐이 안 보이는 아이들이었다.

현준은 인상을 찌푸렸다.

"해 봐."

뚜벅.

현준은 걸었다.

거리가 가까워지자 강도가 입술을 꽉 깨물었다.

멈출 기미가 보이지 않았다.

"이익……!"

말만으로는 안 먹힌다 생각한 강도가 손을 움직였다.

막 칼을 아이들의 목에 박으려는 찰나.

차아악.

칼과 손잡이가 붉게 달아올랐다.

강렬한 열기를 느끼고 강도가 칼을 내던지며 비명을 내질
렀다.

"으악!"

현준은 그 틈을 놓치지 않았다.

순식간에 다가가 떨어지는 칼을 멀리 쳐냈다. 이후 반쯤 무

를 꿇은 강도의 목을 붙잡았다.

강도가 화상을 입은 손을 부여잡고 겁에 질린 눈초리로 현준을 바라봤다.

"사, 살려……."

현준은 그런 강도의 눈빛을 위에서 내려다보며 느지막하게 말했다.

"가장 아름다운 것은 가장 추한 것의 죽음이다. 아름다움을 위해 죽어라."

현준의 입가에 지어진 미소는, 강도에게 있어선 마왕의 그것과 다를 게 없었다.

제2장

준비 끝!

삑—!

강도를 처리하자 스카우터가 붉게 점멸했다.

「6동 12로 3. 폭력, 갈취 사건이도다. 위치를 띄워주겠노라.」

곧 위성으로 찍힌 화면이 안경의 렌즈를 통해 띄워졌다.

'멀어!'

내심 한숨을 내쉬었다.

그러나 안 갈 수는 없었다. 재생되는 동영상 속에는 남녀 두 명이 여럿에게 둘러싸여 있었다. 게다가 남자 쪽은 이미

피투성이가 된 채 쓰러진 상태였다. 미적거리다간 늦어진다.

현준은 강도의 다리 한쪽을 잡았다.

조금 겁을 줬을 뿐인데 바지를 적시며 기절해 버렸다. 요즘 들어 이런 일이 늘어나고 있었다. 그만큼 도깨비 탈에 대한 범죄자들의 공포 수준이 나날이 상승하고 있다는 방증일 것이다.

현준은 슬쩍 고개를 돌려 아직도 겁에 떠는 중인 아이들을 바라봤다.

'많이 무서웠겠지.'

안아주고 위로하고 싶은 마음은 굴뚝같았지만 한 번잡은 컨셉은 영원해야 한다.

현준은 씁쓸하게 혀를 차곤 말했다.

"죽거나, 죽이거나…… 세상은 약육강식이다. 곱게 죽기 싫거든 열어놓고, 아니면 문을 잠가라."

주머니를 뒤져 십만 원권 두 장을 문 옆에 두었다. 창문을 깨고 들어온 것에 대한 배상으로는 충분할 것이었다. 다급함에 뒤도 안 재고 들어왔다고는 하나 그냥 갔다간 며칠 내내 마음에 걸릴 거라는 걸 잘 알았다.

아이만 둘 있는 집.

부모가 없진 않을 터였다. 집 곳곳에 놓인 흔적을 통해 어른이 살고 있다는 걸 알 수 있었다.

일을 나간 것이리라.

F지구에서 이런 집은 흔하다.

그래서 항상 도둑이나 강도들에게 노출되어 있다.

문단속을 더욱 철저히 해야 하는데…… 아이들인 탓에 자주 잊어버리곤 하는 것이다.

현준이 해줄 수 있는 일이라곤 충고를 하는 게 전부다. 이 이상 자신이 해줄 수 있는 것도 없었다.

"도깨비 아저씨! 고마워요!"

"고, 고맙습니다."

등을 돌리고 문을 나선 현준에게 아이들이 감사의 말을 전했다.

현준은 대답하지 않았다. 대신 주머니 속에서 휴대전화를 꺼냈다.

다이얼을 누르자 몇 번의 착신 음이 간 뒤 상대편이 전화를 받았다.

"도로명 3동 4로 16. 자세한 위치는 홀로그램 영상으로 전해 줄게."

─나, 바빠!

여태껏 충실하게 현준과의 약속을 이행한 아린이다. 요즘 들어 부르는 횟수가 잦아져서 짜증이 날 만도 했다. 고작 3일 재워준 것치고는 과할 수준의 업무량이었으니 현준도 이해할 수 있었다.

"앞으로 며칠만 부탁해."

—……알겠어.

"고마워. 오늘 저녁은 특별히 파스타다."

—이미 출발했어.

후다닥 달리는 소리가 스피커를 통해 들려왔다.

현준은 다이얼의 종료버튼을 눌렀다. 이어 휴대전화를 다시 주머니 속에 집어넣었다.

짧은 노끈을 꺼내서 강도가 움직이지 못하도록 손과 발을 꽁꽁 동여맸다. 혹 정신이 들어서 도망갈 수 있기 때문이다.

그리고 현준은 자신의 가슴팍에 꽂힌 펜을 들었다. 다른 사람이 풀어주지 않도록 양쪽 뺨에 '강도'란 글씨를 새겨 넣었다.

"이놈 동료 없지?"

「주위 500m 반경을 샅샅이 조사한 결과 동료로 보이는 이는 없었노라.」

현준은 고개를 끄덕였다.

한산한 시간. 주변에 보이는 이는 없다.

동료가 없다면 다른 누군가가 풀어주지도 않을 것이었다.

어차피 길어야 15분이다. 아린이 도착하기까지 걸리는 시간이 말이다.

한차례 손을 턴 현준은 빠르게 6동으로 발을 옮겼다.

늦은 저녁.

성경을 든, 헌 정장 차림의 남자가 문을 열고 어수선한 집 안으로 들어갔다.

집에 들어간 즉시 남자는 눈살을 찌푸릴 수밖에 없었다.

'이게 대체?'

집안 꼴이 말이 아니었다. 창문은 깨져 있었고 곳곳이 어지 러워져 있었다. 마치 강도라도 든 모습이다.

남자는 급히 목소리를 높였다.

"수련! 수화! 어디 있니?"

그러자 집 안 구석에서 인영 두 개가 재빠르게 움직였다. 두 인영은 덮치듯이 남자를 향해 달려왔다.

"오빠!"

"형!"

어린아이 두 명이 울며불며 남자의 다리를 끌어안았다.

남자는 안도의 한숨을 내쉬며 가슴을 쓸었다. 다행히 최악 의 상황은 일어나지 않았다.

"이게 대체 어떻게 된 일이냐? 무슨 일 있었어?"

"나쁜 아저씨가, 아저씨가……."

"집에 들어와서, 막 칼로……."

두 아이가 울먹이며 횡설수설했다. 남자를 보자마자 긴장이 풀려서다.

남자는 아이들에게 사건의 정황을 묻기보다 먼저 진정을 시켜야 한다는 걸 깨달았다.

아이들을 끌어안고 등을 토닥였다. 하지만 남자의 표정은 풀릴 줄을 몰랐다.

'내가 없어지자마자 이런 일이라니.'

남자는 한 교회에서 성령의 말씀을 전하는 사제였다. 죄를 저지른 이들을 교화시키고 F지구를 청정하게 만들겠다는 포부도 있었다.

평상시라면 아이들만 집에 두진 않았을 것이었다.

하지만, 오늘.

남자는 사제직을 내려놓았다.

아이들에게 그 모습을 보이기 싫어 하루만 집에 내버려 둔 것인데, 하필 오늘 일이 터진 것이다.

'후!'

내심 짙게 한숨을 내쉬었다.

F지구가 괜히 시궁창이라 불리는 게 아니다. 이상은 드높았으나 현실은 그와 같았다. 교회에 각종 비리가 존재한다는 걸 알고 사제직을 내려놓았다. 말로만 전하는 진정한 평화는 적어도 이곳엔 없는 것 같았다.

오늘 같은 날 강도가 든 걸 보면 특히…….

사제직을 내려놓은 것에 대한 경고란 말인가? 어이가 없어서 웃음이 나올 지경이다.

"그래도 너희가 무사하니 다행이다. 다친 곳은 없고?"

수련과 수화.

두 아이가 고개를 들어 말했다.

"응. 도깨비 아저씨가 구해주셨어."

"엄청 무섭게 생겼는데 착해!"

도깨비 아저씨?

남자는 고개를 갸웃했다.

"혹시 도깨비 탈 말하는 거니?"

"응! 엄청 강해."

"불도 막 뿜어."

아무래도 맞는 것 같았다.

도깨비 탈. 남자도 익히 들은 바가 있었다.

근래에 들어 F지구에서 활동하기 시작한 정체 모를 이. 도깨비 탈을 쓰고 범죄자들을 잡고 다닌다 하여 구설에 자주 오르는 인물이었다.

솔직히 남자는 도깨비 탈을 좋아하지 않았다. 폭력으로 모든 걸 정당화하려는 것 같았기 때문이다. 범죄자 중에서도 충분히 교화할 수 있는 사람들이 있을 것일진대 도깨비 탈은 극히 미미한 경범죄자조차 가리지 않고 잡아들였다.

폭력은 무슨 일이든 정당한 이유가 될 수 없다.

'아니. 차라리 폭력이 나을지도.'

……라고 생각한 게 불과 며칠 전이다.

남자는 고개를 저었다. 그가 헌신하며 다닌 교회는 실상 칼 안 든 강도와 다를 게 없었다. 덧없는 희망을 주입하며 없는 자들의 주머니를 더욱 짜내고, 불법적인 일을 시킴에 주저함이 없었다.

여교도들과의, 믿음과 신뢰를 바탕으로 입에 담기도 싫은 추잡스러운 짓을 저지르는가 하면 마치 자신이 왕이라도 된 듯이 행동하는 이가 없지 않았다.

그것을 남자는 너무 늦게 깨닫고 말았다.

그에 비해 도깨비 탈은 평등하다. 범죄의 경도를 따지지 않고 무조건 잡아들인다. 막강한 힘 앞에 범죄자들은 나약하기 그지없다

실제로 F구역에서의 범죄율은 나날이 낮아지고 있었다. 도 깨비 탈의 영향이 지대했다.

사람들이 환호하는 데엔 모두 이유가 있었다.

자신이 아무리 설교를 하고 봉사를 해도 F지구는 언제나 무법지대였다. 매일같이 범죄가 일어났고 어딘가에서 사람이 죽어나갔다.

꿈은 깨기 위해 존재하는 것이라며 자기 위안을 하고 있을 그때, 행동으로 보이는 도깨비 탈이 나타난 것이다.

남자가 교회에 실망하지 않았다면, 사제직을 내려놓지 않았다면 여전히 도깨비 탈에 대한 안 좋은 선입견을 품고 있었을 것이지만…… 지금은 다르다.

'감사합니다.'

도깨비 탈을 향해 남자가 진심을 담아 고개를 숙였다.

믿는 신이 사라진 남자.

지금 이 순간만큼은 도깨비 탈이 그에겐 영웅이요, 신이었다.

* * *

삼자대면.

아버지와 현준, 메시아가 집 앞에 둥글게 모여서 이야기를 나눴다.

"도깨비 탈을 브랜드로 삼자는 말인가?"

아버지가 턱을 쓸며 말했다. 손목시계를 어떻게 만들 것인가에 대한 논의는 많이 나눴지만, 손목시계가 어떤 브랜드의 이름으로 나갈지에 관한 논의는 처음이었다.

「지금 F지구에서 도깨비 탈만큼 선풍적인 인기를 끌고 있는 캐릭터는 없도다.」

"나는 반대다."

"아버지, 왜요?"

현준이 묻자 아버지는 지그시 눈을 감았다.

"엄연한 초상권 침해다. 그의 허락도 구하지 않고 사용할 순 없다. 그리고 개인적으로 도깨비 탈의 행보가 마음에 들지 않는구나."

「초상권 문제는 간단하게 해결할 수 있노라. 하지만 그의 행보가 마음에 들지 않는다는 것은 또 의외이노라.」

애당초 현준이 도깨비 탈이었다. 초상권 문제로 걸고넘어 질 리가 없었다.

아버지는 고개를 내저어 보였다.

"브랜드는 그 상품의 가치다. 영원한 이미지로서 자리를 잡아야 한다는 거다. 한데 지금 도깨비 탈의 행동은 너무 무모해. 무작정 범죄자를 잡아들인다고 근본적인 문제가 해결 될 리 없거늘. 거기다가 그가 문제를 일으키면 결국 우리의 이미지만 하락한다. 그다지 좋은 선택 같지는 않군."

타당한 의견이었다.

아버지는 도깨비 탈에 대해서 자세히 알지 못한다. 그저 주 변에서 들려오는 소문으로 주관적인 판단을 내릴 뿐이었다.

물론 밝힐 순 없다.

현준이 도깨비 탈이라는 걸 알게 되면 아버지나 어머니가 어찌 나올지는 뻔했다. 걱정이 듬뿍 담긴 얼굴로 당장 그만두라 할 것이다. 설혹 일이 진행된 대도 최대한 도깨비 탈과는 무관하게 행동하는 편이 나았다.

「충분히 할 수 있는 걱정이로다. 나 메시아도 일정 부분 동의하노라. 하지만 도깨비 탈은 F지구에서 영웅, 신성화되는 추세로다. 그 신앙심은 결코 무시할 수 없노라. 절벽 위에 핀 꽃과 같은 탓이로다.」

당사자인 도깨비 탈을 바로 앞에 놔두고 죽음 운운하는 것은 저주가 따로 없었다.

아버지는 믿기지 않는다는 듯이 말했다.

"도깨비 탈이 그 정도의 파급력이 있다는 건가? 이야기를 듣기는 했지만……."

「더욱 강한 파급력의 이유는 이곳이 F지구라서로다. 오랜 시간, 수십 년간 절망이 쌓이면 그것은 절박함이 된다. 현실이 힘들수록 사람들은 더욱 쉽게 동화되는 것이로다. F지구에서 유독 사이비가 판을 치는 게 그런 이유로다. 하지만, 그 거짓 신앙조차도 슬슬 내리막길이로다. 이 시점에서 나타난 도깨비 탈은 이미 불멸의 상징성을 얻었다 해도 과언이 아니노라.」

"흠……."

아버지는 고개를 숙이고 곰곰이 생각을 이었다.

A지구에서 왔기에 F지구에 쌓인 절망을 모른다. 그럴 수밖에 없다. 현준도 메시아에게 수차례 들은 끝에 조금은 이해한 것이었다.

다시 고개를 든 아버지가 물었다.

"현준아, 너도 그렇게 생각하느냐?"

"예, 그리고 아버지. 도깨비 탈이 엇나갈 일은 없을 겁니다."

"그걸 어찌 장담하느냐?"

도깨비 탈이 접니다, 아버지.

목구멍으로 그 말을 삼킨 채 현준이 웃어 보였다.

"왠지 그럴 것 같아서요."

"……정신 공격이 따로 없구나. 도깨비 탈이라. 한번 진지하게 생각해 보마."

아버지가 졌다는 듯 혀를 찼다.

그 반응으로 말미암아, 현준은 아버지가 결국 동의할 것이라는 데 전부를 걸었다.

'이제 남은 건 디자인뿐인가?'

경주가 디자인을 그려 와야 본격적인 작업에 들어가는 게 가능하다.

과연 아버지와 메시아의 눈에 들지는 미지수지만.

'경주야, 잘해 보렴.'

현준은 마음속으로 동생을 응원했다.

아린은 이부자리에 누워서 멍하니 차고의 천장을 올려다 봤다.

'내가 왜 여기에 있는 걸까.'

곰곰이 생각해 본다.

1년간 길드에 잠입하여 마스터를 노렸다. 실력을 모두 드러내지 않고자 낮은 지역의 쭉정이 범죄자들만 잡아들였다.

길드 마스터를 혼자 잡을 수 없다고 판단. 조력자를 찾은 것도 사실이다. 때마침 현준이란 온통 물음표뿐인 정체불명의 실력자를 구할 수 있었다.

개조자는 아닌 것 같은데 웬만한 개조자보다 강하다. 하지만 순수한 인간의 육체로 그 정도의 힘을 내는 건 불가능하다. 불꽃의 발화 역시 마찬가지다.

게다가 그의 뒤에는 정보를 전달해 주는 누군가가 있는 것 같았다. 자신에게 접근하고, 현재 자잘한 범죄자들을 잡아들이는 속도를 보면 확실했다.

처음에야 강하면 그만이지. 하고 생각했다. 지금도 그 생각은 크게 다르지 않다. 다만, 힘의 기원과 뒤에 존재하는 누군가가 궁금하기 그지없었다. 차고에 머물자 결정한 것도 그

궁금증을 풀고자 하는 이유가 없지 않았다.

마스터의 피 말리는 훈련을 피해 F지구에서 재회한 일은 운명과 같았지만…….

'운명?'

묘한 느낌의 단어다. 아린은 운명이란 단어를 되뇌었다.

아버지는 말했다.

세상에 우연은 없다. 고로 운명도 존재하지 않는다.

그러나 아린의 생각은 달랐다. 아린은 용병왕의 자식이기 이전에 여자였다. 운명이란 단어가 가져다주는 낯간지러움이 싫지 않았다.

거기다가 현준은 강하다. 비슷한 나이 또래에서 자신보다 강한 이를 만난 것은 처음이었다. 전쟁 중인 나라를 전전하며 난다 긴다 하는 소년 병사도 꽤 만나보았지만, 아린을 이기진 못했다.

그래서인지 아린은 자신보다 약한 남자를 남자로 안 보는 경향이 있었다. 경험 많은 백전노장이 강한 건 당연한 일이라고 여겼다. 반대로 비슷한 또래이며 자신보다 강한 현준의 존재에 대한 감상은 혼란스럽기 그지없었다.

'요리를 잘해.'

아린은 어머니를 떠올렸다. 어머니는 굉장히 평범한 여인이었다. 단지 아름다웠고, 요리를 잘했다는 기억만 남아 있었다.

아, 한국 사람이었다는 것도.

만약 자신의 배필이 될 사람을 정한다면 어머니처럼 요리를 잘하는 사람이어야 한다. 용병의 일이라는 게 필연적으로 이곳저곳을 돌아다닐 수밖에 없는데, 집으로 돌아왔을 때 손수 만든 음식을 먹으며 마음의 안정을 찾고 싶었다.

일은 안 해도 된다. 어차피 일은 자신이 하면 그만이었다. 한 가족이 먹고살 만큼의 돈은 충분히 벌어다 줄 수 있었다.

그리고…… 무슨 상황에서도 죽지 말아야 한다.

강해야 한다는 거다.

테러로 돌아가신 어머니 때와 비슷한 일을 다신 겪고 싶지 않았다.

현준은 모든 조건을 갖추고 있었다. 짙은 수컷의 냄새도 났다. 그러면 자신보다 먼저 죽을 일은 없을 것이다.

사랑은 아니다. 아린은 사랑을 모른다. 단지 자신과 함께하며 살아갈 수 있는가, 없는가로 판가름할 뿐이다.

그녀가 한국으로 온 것은 아버지인 용병왕의 의지다. 그러나 어머니의 나라인 이곳에서 배필을 찾기 위함도 있었다.

열심히 공부는 했지만, 한국은 처음이다. 말이 짧고 서투른 것도 모두 그런 이유다. 그나마 1년이 넘도록 체류하며 언어 구사 능력이 상당히 향상된 것이었다.

'훌륭한 남자.'

아린은 고개를 끄덕였다.

장장 1년 만에 찾게 된 인물이었다.

솔직히 반쯤 포기하고 있었다.

한국이란 곳의 남자들은 죄다 변변찮은 반푼이였다. 자신의 외면만 보고 침을 흘렸다. 제대로 된 실력자는 거의 없었다. 나이가 많은 자를 제외하면 아린의 눈에 차는 이는 아예 없다시피 했고.

아린이 배필의 나이를 따지는 것도 비슷한 시기에 죽기 위함이었다. 누가 먼저 죽으면 남은 이가 얼마나 슬픈지 아린은 잘 알았다. 그 시간의 괴리를 없애려거든 또래를 찾을 수밖에 없었다.

정상은 아니지만, 아린에게 있어선 지극히 정상적인 일이었다. 그녀는 태어나자마자 아버지인 용병왕을 따라 전장을 돌아다녔으니까.

'거절당하면 어떡하지?'

문제는 이런 자신의 의견을 어떤 식으로 전달하느냐는 것이었다. 그간 현준을 지켜본 바로는 배필이 되라 말한다고 긍정할 인물은 아닌 것 같았다.

억지로 데려가기엔 너무 강하다. 회유책을 쓰는 수밖에 없다는 소리다.

그래서 최근 현준의 일을 적극적으로 돕고 있었다.

도깨비 탈로서 잡은 범죄자를 대신 넘기는 일. 왜 그런 일을 하는지 이해는 안 되지만 아린은 묵묵히 따랐다.

현준은 이 일에 자신이 연관된 게 밝혀지는 걸 꺼려하는 듯싶었다. 차고에 올 때도 조심스러운 기색이 만연하다. 누군가가 아린을 역추적하고, 거기서 현준의 정체가 밝혀질 수도 있다고 여기기 때문인 것 같았다.

그러는 이유가 뭔지, 지키려 하는 게 뭔지, 알고자 한다면 아린은 어렵지 않게 알아낼 수 있었다. 하지만 굳이 그러진 않았다.

아린은 도리어 누군가가 자신을 추적하는 걸 사전에 끊어 내기도 하였다. 현준보다 조심스럽게 움직이며 언제나 신중하게 행동했다. 그것이 현준이 바라는 일이라는 걸 사전에 알아차려서였다.

이런 감정이 드는 일 자체가 처음이기에, 아린은 갈피를 잡지 못하고 있었다. 평상시의 무덤덤한 자신과는 너무나도 다른 모습이었다.

아린은 지적에 둔 도깨비 탈을 들어 올렸다. 현준이 남는다며 하나 준 것이었다.

자리에서 일어나 조심스럽게 탈을 써보았다.

"안에 있냐?"

닫힌 차고의 문을 누군가가 두드렸다.

아린은 재빨리 탈을 벗어 뒤로 숨겼다.

"응."

철컥. 드르륵.

열쇠가 풀리고 곧 차고의 문이 열렸다.

현준은 만연에 미소를 띤 채 김이 모락모락 나는 팬 하나를 들고 있었다.

아린은 눈을 동그랗게 떴다.

"파스타!"

"귀신같기는. 오늘은 같이 먹으려고 조금 많이 만들어왔어."

아린이 고개를 갸웃했다.

"같이 먹어?"

"매일 혼자 먹으면 심심할 거 아니야."

딴에는 신경을 써준답시고 준비해 온 것이었다. 현준은 가족들과 식사를 해결했기 때문에 그간 아린은 혼자서 먹을 수밖에 없었다.

'혼자 먹는 건 외롭지.'

현준은 코끝을 비볐다.

누군가와 같이 먹는 식사가 더욱 맛있는 법이다. 아무리 파스타를 좋아한대도 혼자서 먹으면 많이 우울할 것이었다.

미처 생각하지 못했다. 바빴기도 했고, 아린은 전혀 그런 기색을 내비치지 않은 탓이다. 워낙 얼굴에 감정이 드러나지 않아서 먼저 알아차리지 않으면 영원히 모르게 될 공산이 크다.

'하루에 한 번씩은 와야겠어.'

현준도 싫은 기색 거의 없이 자신을 도와주는 아린이 마냥 싫지는 않았다.

상상 이상으로 자신을 잘 따라서 이 관계가 계속 유지돼도 나쁠 것은 없을 듯했다. 나름의 신뢰가 쌓여가는 중이었다.

현준은 상 위에 파스타가 담긴 팬과 포크를 올려놓았다. 그러면서 의외라는 듯 주변을 훑었다.

"청소했네?"

어두침침한 차고가 깔끔하게 변했다.

"먼지가 너무 많아. 필요 없는 물건도."

"……메시아가 알면 좌절하겠는걸."

위성을 만들고 남은 재료들.

현준이 정리하라 일렀지만 언젠가는 쓸 일이 있을 것이라며 메시아가 반대했다. 몇 번을 봐도 쓰레기 이상이 아닌지라 차고에 쌓아두고만 있었다. 이 기회를 빌려 아린이 치운 모양이었다.

"메시아?"

"천상천하 유아독존인 놈이 있어."

대수롭지 않게 넘어간 현준이 포크를 들었다. 그러나 아린은 여전히 뒷짐을 지고 현준을 바라보고만 있었다.

"안 먹어?"

"조금 있다가."

"……뒤에 뭔가 숨긴 거 같은데?"

현준이 고개를 갸웃하자 아린이 바닥에 도깨비 탈을 내려놓았다.

"도깨비 탈이잖아. 그걸 왜 숨기고 있어?"

아미를 찌푸린 아린이 잠시 고민하다가 말했다.

"나도 모르겠어."

"희한한 녀석."

후루룩!

현준은 파스타를 포크로 감싸서 한 입 크게 먹었다. 동시에 감탄사가 튀어나왔다.

"아! 진짜 맛있다. 내가 요리를 잘하긴 하나 봐. 동생한테도 한 번 해줬더니 매일 조르는 거 있지?"

"동생이 있어?"

"말 안 했나?"

"응."

아린은 현준에 대해 아는 게 거의 없었다. 현준도 딱히 말을 할 필요를 못 느끼고 있었다. 하지만 조금씩 거리가 가까워지면서 자연스럽게 튀어나온 것이다.

"내 동생은…… 뭐랄까, 콧대 높은 여왕님? 그런 이미지야."

기르는 개 몇 마리가 있다고 하였던가.

현준은 피식 웃었다.

"나는 동생 없어."

"위로도 없어?"

"나, 외동딸."

현준이 어깨를 으쓱했다.

"심심했겠네. 가끔 없어도 될 거 같지만, 실제로 없으면 허전하거든."

"심심해?"

"그럼 안 심심했어?"

"모르겠어."

"넌 아는 게 뭐냐."

후루룩.

아린이 파스타를 흡입하기 시작했다.

이어 아예 먹는 데 집중하였다.

"천천히 먹어. 양 많다."

현준은 푸근한 눈초리로 아린을 바라봤다. 이럴 땐 꼭 챙겨

쥐야 할 동생이 한 명 더 생긴 기분이다.

'나쁜 애 같지는 않단 말이지.'

길드에 1년이나 잠복해 있었다지만 그만큼 철두철미해 보이진 않았다.

길드 마스터도 진즉 알고 있었다는 투였으니. 당장 현준이 강하다는 이유만으로 접선한 걸 보면 상당한 덜렁이일 가능성이 컸다.

무표정하기 그지없지만, 숨기는 걸 잘할 것 같지도 않았다. 항상 직설적이고 선을 긋는 게 빠르다.

천성이 나쁘진 않은 것 같았다.

용병왕이나, 길드 마스터와 연관이 있어서 살짝 거리를 두는 감이 없지 않아 있지만 사람 하나만 봤을 땐 충분히 가까워져도 괜찮다는 생각이 드는 요즘이었다.

'에이, 그냥 있는 그대로 알고 자연스럽게 친해지는 거지. 의심도 병이다, 병.'

현준은 포크를 들었다.

후루룩!

*   *   *

디자인 초안이 완성되었다.

"오빠, 어때……?"

집 바깥. 디자인한 몇 개의 초안을 보여준 경주가 자신 없는 모습으로 말했다.

하지만, 현준은 곧 대답할 수 없었다. 아린이 전에 보여준 것들과는 비교가 안 되는 레벨이었다. 혼자 손목시계에 관한 내용을 공부했는지 겉이나 속의 디자인이 흠 잡을 곳 없이 꼼꼼했다.

'이런 게 재능이라는 건가?'

현준은 경주를 쳐다봤다. 자신에겐 없는 재능을 경주는 가지고 있었다.

경주가 가지고 온 디자인 초안들은 하나같이 고급스러운 분위기를 풍겼다. 너무 튀지 않고, 은근하게 사람을 잡아끄는 매력이 있었다.

복잡하지도 않았다. 만드는 이마저 배려하여 그린 태가 났다.

현준은 침을 꿀꺽 삼켰다.

결과는 안 봐도 뻔하다. 현준은 대찬성이고, 메시아와 아버지도 같은 의견을 내줄 것이다.

이게 찬성이 안 된다면 말도 안 된다.

디자인을 전공으로 공부하지 않았다지만 손목시계를 착용하는 사람은 결국 평범한 민간인이다. 사용하는 사람의 시점에서 좋아야 진정으로 좋은 것이라고 현준은 확신했다.

그런 의미에서 경주가 그린 디자인은 두말할 필요가 없는 작품이었다.

"보여주고 올게."

"오, 오빠?"

디자인 초안이 그려진 종이뭉치를 들고 현준은 집으로 들어가 메시아를 찾았다.

디자인 초안을 본 메시아는 이 한 마디를 남겼을 따름이다.

「훌륭하도다.」

경주가 내보인 초안은 만장일치로 통과되었다.

조금씩 아쉬운 점은 있었으나 경주의 나이를 고려하면 모날 것 없는 결과였다.

어지간한 일에는 꿈적 안 하는 아버지마저 눈을 휘둥그렇게 뜰 지경이었으니 경주의 재능이 얼마나 원석인지 알 수 있었다.

제대로 갈고닦으면 어디까지 올라갈지 상상조차 가지 않았다.

칭찬에 인색하지 않은 현준이 경주의 머리를 쓰다듬으며 말했다.

"내 동생, 대단한데?"

"흥. 칭찬해도 아무것도 안 나오거든요?"

말과 달리 입가에는 잔잔한 미소가 지어져 있었다. 평상시라면 머리 만지는 것도 굉장히 싫어할 테지만 웬일로 얌전하기 그지없었다.

이쯤 되자 현준도 생각을 달리할 수밖에 없었다.

'공부가 능사는 아니지.'

공부 외의 길은 많다.

공부는 단지 선택지를 넓혀줄 뿐이다.

확고한 재능과 흥미가 존재한다면 굳이 거기에 매달릴 필요는 없다. 물론 기본은 해야 한다는 게 전제조건이긴 하지만…… 현준도, 메시아도, 아버지도, 모두가 경주를 원석으로 보았다.

아직 세공되지 않은. 그러나 세공된 후가 무척이나 기대되는.

일반 학교에선 한계가 있다.

이 원석을 제대로 갈고닦으려면 전문적인 학교로 옮기는 게 좋을 것 같았다.

게다가 모든 것에는 때라는 게 있었다.

현준이 보기에 지금이 바로 그 시점이었다. 한창 머릿속에서 아이디어가 물꼬를 틀 이때를 놓치면 다음 기회는 또 언제 찾아올지 모른다.

'비싸긴 하지만, 아주 못 보낼 정도는 아니야.'

메시아를 통해 검색을 해보니 가장 믿을 만하고 실력 있는 예술학교의 한 학기 등록금이 1,500만 원이었다. 들어가는 재료비를 포함하면 일 년에 오천만 원 가까이 드는 셈이다.

현준이 근 두 달간 벌어들인 돈이었다. 단순 계산상 일 년에 삼억가량을 번다는 뜻이었으니 아주 못 보낼 정도는 아니다.

원석을 갈고닦기 위함이다. 전혀 아깝지 않았다. 기분 좋게 내줄 수 있었다.

안 그래도 현준은 조만간 차를 한 대 뽑을 작정이었다. C지구가 멀다 한들 등하교는 자신이 시켜주면 그만이었다. 언제까지 F지구에만 있을 생각도 아니었고.

"한번 제대로 공부해 볼래?"

머리가 반쯤 흐트러진 경주가 고개를 들어 현준을 바라봤다.

"뭐를?"

"디자인 공부."

"혼자서도 공부할 수 있어."

경주의 얼굴에 근심이 어렸다. 무엇을 걱정하는지 한눈에 보였다.

"돈 걱정은 하지 마. 오빠 요즘 잘 번다."

"오빠가 무슨 돈이 있어?"

현준이 무슨 일을 하는지 경주는 알고 있었다. 아버지와 어머니도 내색하진 않지만 간혹 요즘 근황을 물으며 걱정스러운 눈빛을 보내오는 걸 보면 알고 계시는 기색이었다.

얼마를 번다고 정확히 알린 적이 없어서 '열심히 하는구나!' 수준의 인식만 있을 것이지만…….

현준도 안정적으로 수입이 나기 전까진 알리지 않을 작정이었지만, 사업을 벌이고 경주의 학업이 달린 이상 슬슬 밝혀도 좋은 때인 듯싶었다.

"너 공부시킬 돈은 충분히 있으니까 걱정하지 마라. 미래예술고등학교가 그렇게 좋다더라."

"미, 미래 예술고등학교?"

경주의 몸이 흠칫 떨렸다. 현준보다 먼저 알아봤음이 분명한 반응이다.

"오빠, 거기 한 학기 등록금이 얼만 줄 알아?"

"천오백?"

"다른 거 다 합치면……."

경주가 기가 막혀서 말하는 걸 현준이 도중 끊었다.

"일 년에 한 오천쯤? 야, 내가 네 오빠다. 그런 것도 안 알아보고 하는 소리겠니."

현준은 허허로운 웃음을 흘렸다.

부처님 손바닥이다.

그러자 경주가 눈살을 찌푸렸다.

"나 놀리는 거지?"

가볍게 말하는 작전이 통하지 않았다. 내심 한숨을 내쉰 현준은 얼굴 근육에 힘을 잔뜩 주고 진지한 표정을 지었다.

"내가 이런 걸로 농담하는 사람처럼 보여?"

경주는 우물쭈물거리다가 힘없이 답했다.

"아니……."

"가고 싶으면 가. 독학, 좋지. 그런데 아는 사람한테 배우면 더 좋잖아."

현준이 강하게 말하자 경주가 눈을 피했다.

"학교에는 친구도 있고, 또……."

"경주야."

현준이 손을 뻗어 경주의 머리를 살포시 두드렸다.

"날 수 있는 날개는 내가 만들어줄 수 있으니까 너는 어떻게 날지만 고민해. 아니면 그 친구들, 네가 다른 학교 간다고 연락 끊어지는 그런 애들이야?"

"그건 아냐!"

경주가 강하게 부정했다.

현준은 피식 웃었다.

"그럼 뭐가 걱정이야? 오빠가 네 뒷바라지도 못해줄 사람으로 보여?"

경주는 눈만 깜빡였다.

현준은 두어 차례 더 머리를 두드리곤 손을 내렸다.

"나는 동생한테 이런 재능이 있어서 무척 기쁘다. 막 자랑
하고 싶어. 세상 사람들! 제 동생이 디자인한 이것 좀 보세요!
하고."

"……."

경주가 고개를 푹 숙였다.

더 했다간 아예 땅바닥까지 뚫고 들어갈 기세다.

현준은 온몸을 긁으며 말했다.

"어우, 닭살 돋는다. 그지? 내가 원래 이런 말 잘 안 하는
사람인데 오늘은 특별히 해봤다."

메시아가 들었다면 「이런 말보다 더 심한 말을 자주 하긴
했도다」라는 등의 말로 바로 반격했을 것이었다.

피, 웃은 경주가 주먹으로 약하게 현준의 배를 때렸다.

"……바보."

＊　　　＊　　　＊

경주의 전학은 한 달 뒤로 잡혔다.

현재 경주가 다니는 고등학교의 담임과 상담을 하고, 미래

예술고등학교에 문의한 결과였다.

성적은 차고 넘치는데다 마침 결원이 생겨서 전학 자체에는 어려움은 없다는 것 같았다.

한시름 놓은 현준이 이 사실을 전하자 경주는 잠시 어안이 벙벙한 표정으로 서 있다가, 격하게 달려와 현준을 와락 끌어안았다.

이러니저러니 해도 디자인 공부를 제대로 하고 싶었던 것이다.

한 가지 문제가 해결되자 작업은 즉시 진행되었다. 도깨비탈에 대한 인기는 나날이 상승하는 중이었다. 누군가가 다른 사업 아이템을 내놓기 전에 선점하는 게 중요하다 생각한 이상 꾸물거릴 틈이 없었다.

필요한 작업 공구는 메시아가 직접 만들었다.

기계를 만들 줄만 알면 돈을 대폭 절약할 수 있다는 걸 메시아를 보면서 깨달을 수 있었다.

차라리 이런 식으로 만들어다가 파는 게 어떻겠냐고 묻자 「누가 뭘 믿고 사겠느냐. 헐값에 내놔야 겨우 팔릴까 말까 할 것이도다」란 무차별한 대답만 들을 수 있었다. 그만큼 브랜드라는 게 중요한 역할을 한다는 것도 알게 되었다.

작업은 작은 사무실 하나를 빌려서 진행했다. 환기가 잘 안되어서 답답한 느낌은 있었지만, 작업에 들어가자 아버지는 전혀 개의치 않았다.

하나, 공구와 장소가 준비되었대도 만드는 물량은 적을 수밖에 없었다.

가내수공업.

한 품종 소량 생산이다.

본격적으로 시작한 첫날 메시아와 아버지가 씨름하여 고작 하나 만들었을 따름이었다.

"이래선 싸게도 못 팔겠는걸요?"

하루에 하나다. 최소 인건비와 재료값을 더하면 이십만 원은 받아야 겨우 본전이다.

원래 목표가 브랜드를 알리는 것이고, 손목시계를 만들어서 돈 벌 생각은 없다지만 최소한 적자는 나지 말아야 하지 않겠는가.

"여러 가지를 따져 만드느라 그렇다. 손에 좀 익으면 하루에 열 개는 가능하겠구나."

완성된 손목시계의 이모저모를 살피며 아버지가 말했다.

메시아도 한몫 거들었다.

「적당한 숫자도다. 판다고 하여 당장 많은 수요가 생기진 않을 터.」

"가격은 삼만 원으로 책정하면 충분하겠군."

놀랄 노자다. 말도 안 되는 가격이었다.

"삼만 원이요? 진짜 원자재 가격이잖아요."

그것보다 조금 덜 들긴 했다.

원자재 가격이 이만오천 원.

그래도 딱 오천 원 남겨 먹는 것이다. 최소 인건비조차 나오지 않았다.

어느 장사든 원재료 가격이 30%를 넘으면 박리다매를 취하지 않는 한 적자가 나게 마련이다. 하지만 고작 열 개다. 박리다매는 꿈도 못 꿀 숫자다.

"싸게 좋은 물건을 판다. 이 이상 가격은 F지구 사람들이 감당하지 못할 거다."

"싼 것도 그 나름이죠. 삼만 원이면 봉사활동의 연장선이나 다를 게 없습니다."

메시아가 끼어들었다.

「딱 오백 개만 풀 생각이노라. 계산 결과 그 정도면 어느 정도 홍보가 되도다. 완판이 되면 가격을 올려서 다른 제품을 팔 것이노라.」

메시아의 말을 들어보니 손목시계는 진정 홍보 이상이 아닌 것 같았다.

500개라.

최소 몇 달은 입에 풀칠하며 고생해야 한다는 뜻과 일맥상통했다.

현준이 벌어들이는 돈이 있긴 했지만 아버지의 성격을 생각하면 절로 고개가 젖혔다.

'아버지가 순순히 내가 번 돈을 받으실 리가 없지.'

자신이 낸 병원비마저 꼭 갚겠다며 귀에 박히도록 이야기하는 아버지다. 가족에게라도 빚을지는 걸 극도로 싫어하셨다.

현준은 주머니에 손을 넣고 꼼지락거렸다. 투자금 명목으로 현금을 챙겨오긴 했으나 며칠째 꺼내질 못하고 있었다. 하지만, 상품이 완성되었으니 더 미루고 있을 수도 없는 노릇이다.

침을 꿀꺽 삼킨 현준이 주머니에서 두둑한 흰 봉투 하나를 꺼냈다.

"아버지, 받으세요."

흰 봉투를 본 아버지가 눈살을 찌푸리며 말했다.

"……이게 뭐냐?"

"십만 원권 백 장, 천만 원입니다."

"필요 없다."

"수상한 돈 아닙니다. 제가 번 돈이에요. 여태껏 말씀은 안 드렸지만, 그동안 현상범을 잡고 있었습니다."

아버지가 눈을 꾹 감았다.

"알고 있다. 그래서 더욱 필요 없다는 거다. 목숨 담보로

번 돈은 다른 사람한테 건네는 게 아니다."

신념과 같았다.

현준은 입술을 깨물었다.

"아버지가 어떻게 다른 사람이에요?"

"자식이 목숨 걸고 번 돈이라면 더욱 받을 수 없는 게 정상이다."

한숨을 내쉰 현준이 노선을 바꿨다.

"그럼 투자금이라 생각해 주십시오. 제가 도깨비 탈 브랜드의 지분을 산 거라고 하죠. 1%. 어때요?"

"너도 공동경영자가 아니냐?"

"제가 한 게 뭐 있다고요. 경영자는 아버지십니다. 그리고 나중에 수백, 수천억 가치의 브랜드가 될지 누가 알아요? 1%면 엄청 많은 거죠."

현준이 반강제로 아버지의 손에 봉투를 쥐여 주며 이어서 말했다.

"아버지. 그 돈 안 받으시면 그냥 바닥에 버릴 겁니다. 아들이 피땀 흘려 번 돈이 하수구 구멍에 들어가는 거 보기 싫으시면 받아주세요. 게다가 그냥 받는 것도 아니라 투자한 거 잖아요. 나중에 배의 배로 돌려줘야 합니다."

현준은 집안 사정을 낱낱이 알았다.

하나 팔아서 오천 원 남는대도 하루에 몇 개가 팔릴지 장담

할 수 없는 상황.

적자가 날 것이 뻔한데, 500개를 완판할 동안 버틸 수 있을
리가 없었다.

입에 풀칠이 진짜 풀칠이 될 수도 있었다. 어머니에게 돈
을 건넨대도 그 사실을 알면 아버지가 노발대발하실 게 뻔했
다.

정면 돌파다. 강하게 나가야 한다. 당연히 물러설 수 없었
다.

현준과 아버지의 눈싸움이 시작됐다.

아버지는 만상이 교차하는 표정으로 현준을 바라보고 있
었다.

그렇게 몇 분이 지났을까.

봉투를 쥔 채 한참을 고민하던 아버지가 끝내 백기를 들었
다.

"……알았다."

현준은 그제야 긴장을 풀었다.

'후! 다행이다.'

가장 높은 산을 넘었다. 시작이 어렵지 뒤는 쉽다. 한 번 투
자식으로 받아들이셨으니 꾸준히 돕는 게 가능할 것이었다.

현준은 다시 완성된 손목시계를 보곤 눈을 빛냈다.

'이제 시작이야.'

모든 톱니바퀴가 맞아떨어졌다.

이제는 힘차게 도는 일만 남았다.

그리고 현준은 누구보다 힘차게 돌 자신이 있었다.

제3장

미래 예술고등학교

사람이 가장 많이 오가는 도로에 점포를 냈다.

이왕지사 시작하는 거라면 길거리에서 파는 게 아니라 상가 안에서 진열해 놓고 파는 게 낫겠다는 현준의 의견이 반영된 결과였다.

'위치는 좋군.'

1층 7평 상가점포를 임대했고, 정확히 보증금 300과 월세 120만 원이 들어갔다. 물론 인테리어 비용은 포함 안 된 가격이다.

업자를 부르면 좋겠지만…… 가격이 만만치 않았다.

'천만 원이 기르는 개 이름도 아니고. 그 돈 낼 바엔 직접 하고 말지.'

고작 7평 전부 공사하는 데 드는 비용이 천만 원 돈이었다.

하는 수 없이 현준은 아버지와 함께 직접 인테리어 작업을 하기로 했다. 업자를 부르는 것보다 그게 싸게 먹히리라 계산했다. 메시아가 있고 아버지가 있는데, 적어도 이론적인 측면에서 문제가 생기진 않을 것이었다.

"청소부터 하자."

상가 내부의 상태를 확인한 아버지가 가장 먼저 꺼낸 말이다. 쓸 만한 지리임에도 오랜 기간 비워져 있었던 듯 필요 없는 물건이 곳곳에 늘어져 있었다.

좋은 그림을 그리기 위해선 깨끗한 캔버스가 필요하다. 인테리어도 마찬가지다. 우선 전부 비울 필요가 있었다.

전기와 상수도, 냉난방을 모두 잠그고 먼지를 제거했다. 벽지를 뜯어낸 뒤 필요 없는 물건을 차곡차곡 바깥에 내놓으며 청소를 진행해 나갔다.

"보수도 해야겠는데요?"

벽과 천장의 상태를 보곤 현준이 말했다.

곳곳에 금이 가 있었다.

다행히 크게 뚫어진 곳이 없어서 간단하게 보수제를 이용해 해결하였다.

'일, 일, 일. 할 게 너무 많다.'

원래라면 공정표부터 작성하고 차곡차곡 일을 해나가야겠지만 둘 다 그런 걸 알 리가 없다. 메시아의 정보력과 아버지의 기술, 현준의 세심한 손동작만 믿고 막무가내로 일을 진행했다.

'진짜 몸이 두 개라도 부족하겠어.'

현준은 이른 아침에 나와서 저녁까지 인테리어 공사를 하고 저녁이 늦으면 도깨비 탈을 썼다. 이 브랜드가 성공을 하려거든 조금이라도 더 도깨비 탈의 입지를 다져놓을 필요가 있었다.

그리고 현준이 도깨비 탈을 쓰고 있을 때 아버지는 메시아와 손목시계를 만들었다. 이래저래 둘 다 바쁜 하루하루를 보냈다.

그렇게 대략 나흘 정도를 들이자 공사가 끝났다.

페인트 냄새가 조금 나긴 했지만 길어봐야 이틀이다. 질의 문제인데, 조금 더 양질의 페인트를 썼다면 처음부터 향긋한 냄새를 풍겼을 터였다.

'싼 게 비지떡이지, 뭐.'

그사이 현준은 필요한 물건을 가게에 들여놨다. 최대한 고풍스러운 느낌을 풍기고자 원목자재의 가구나 진열대를 구매한 것이다.

'끝났다!'

마침내 다시 이틀이 흘러 공사가 완전히 완료되었다.

현준과 아버지, 둘 다 비지땀을 흘렸다.

'아버지……'

'현준아.'

말은 나누지 않았지만 오가는 눈빛만으로도 충분히 대화를 나눌 수 있었다.

둘만 보고 있기는 아깝다.

현준은 즉시 집으로 돌아가 경주와 어머니를 초대했다.

"와! 여기가 우리 가게야?"

경주가 눈이 휘둥그레져선 가게 안을 총총 뛰어다녔다. 좁지만 알차게 꾸며놓은 것들이 썩 마음에 든 모양이었다.

"대박!"

공사 도중 몇 번이나 왔다 갔다 했지만, 역시 완공된 모습은 색다른 느낌인 것이다.

경주는 현준을 향해 엄지손가락을 치켜들었다. 그에 따라 현준도 함박웃음을 지어주었다.

"여보……"

어머니는 눈물을 훔쳤다. 아버지가 그런 어머니의 어깨를 감쌌다.

실내를 한 바퀴 돌아본 경주는 다시 돌아와선 말했다.

"엄마! 이 좋은 날 왜 울고 그래? 봐봐. 가게 완전 예뻐."

어머니의 입가에 미소가 그려졌다. 눈에선 눈물이 한 방울씩 나오고 있었지만 좋은 날임에는 분명했다.

들어간 돈이 많지는 않다. 월세이고, 빌렸을 뿐이지만 어쨌든 자신의 가게를 가지게 된 것이다. 당장 큰돈이 되지는 않겠으나 그 이전의 감동이었다.

어머니가 겨우 가슴을 진정시키며 말했다.

"응. 정말 예쁘다. 그지?"

"정말로. 남자 두 명이서 한 인테리어라고는 믿어지지 않는다니까?"

현준이 턱을 쓸었다.

"나도 믿기지 않는다. 안 될 줄 알았는데 막상 해보니까 되더라. 아버지도 신기하죠?"

"나는 해낼 줄 알았다."

당연하다는 듯이 말하는 아버지를 보곤 현준은 어깨를 으쓱했다.

"하긴. 우리 박씨 부자가 힘을 합쳐서 안 될 일이 어디 있겠어요?"

근거 없는 자신감이 마구 솟아올랐다.

꼬르륵!

어디선가 고동 소리가 들려왔다. 이내 현준은 이 소리가 자신의 배에서 났다는 걸 깨달았다.

'그러고 보니 아침부터 먹은 게 없네.'

완공을 직전에 둔 터라 집을 급히 나왔다. 챙겨 먹을 틈이 없었다.

"오랜만에 자장면이나 시켜먹죠. 여기 앉아서요."

천천히 먹으면서 가게 구경을 하는 것도 운치가 있을 것 같았다.

"난 짬뽕! 아, 탕수육도 먹고 싶다."

경주가 은근슬쩍 자신의 의견을 더했다.

현준은 피식 웃었다.

"까짓것 다 시키자. 오늘 같은 날은 배불리 먹어줘야지."

"오, 갑자기 오빠가 멋있어 보여."

"난 원래 멋졌어."

한차례 자폭한 현준이 휴대전화를 꺼내 다이얼을 눌렀다. 착신음이 가고 상대가 받자 현준은 능청스럽게 입을 열었다.

"예, 바로 옆집인데요. 하하. 공사 때문에 많이 시끄러우셨죠? 여기 자장면 세 개 짬뽕 하나, 탕수육 큰 거로 하나, 깐풍기도 가져다주시고요. 양장피랑 팔보채…… 아, 세트 메뉴가 있어요? 예, 알겠습니다. 그거로 가져다주세요. 참, 군만두 잊지 마시고요."

같은 상가 내에 존재하는, 심지어 바로 옆집인 중국집이었다. 전화번호를 미리 저장해 놓은 것이다.

경주가 어이없다는 눈초리를 지으며 말했다.

"오빠, 바로 옆집이면 굳이 전화할 필요가 있어?"

"꼭 한번 해보고 싶었어."

현준의 수많은 꿈 중의 하나였다.

바로 옆집에서 중국집 음식 시켜보기가 말이다.

가게 개점은 조촐했다. 딱히 오픈 기념 이벤트 같은 건 없었다. 원래부터 있던 곳인 마냥 조용하기 그지없었다.

괜히 요란하게 사람을 고용해 봤자 팔 거라곤 손목시계 한 종류가 전부다. 그것도 중간 이윤 하나 남지 않는 거저 주는 품목이다.

일을 크게 벌일 수가 없었다.

'시작은 미약하나……'

끝은 창대하리라.

현준은 이 마법과 같은 말을 되뇌었다.

하지만 첫 며칠간은 손님이 한 명도 들어오지 않았다. 말 그대로 파리만 날렸다.

도깨비 탈의 활동을 저녁으로 밀어둔 채 아버지를 돕고는 있었으나 하품이 나려는 걸 겨우 억제하는 실정이었다.

'역시 행사도우미를 고용할 걸 그랬나?'

시작이 너무 조용했나 하는 생각도 들었다.

아버지는 옆에서 손목시계를 가다듬고 계셨다. 먼지를 닦아내거나 혹시 문제가 있는지 일일이 살폈다. 장인정신이란 말이 퍼뜩 떠오르는 장면이었지만, 사람들이 그걸 몰라주니 서운했다.

'좋은 물건인데……'

A지구에서조차 장인 소리를 듣던 아버지다. 500개 한정의 손목시계는 값어치를 상상하기 어려웠다. 비록 아버지가 이름을 밝히며 전면적으로 나설 수는 없는 처지라지만 솔직히 3만 원은 말도 안 되는 가격이었다.

며칠간 손님이 없을 것이라고 예상을 하긴 했다. 입소문이 타기 전까지 하루에 하나 팔아야 많이 파는 것이리라고 모두 생각하고 있었다.

그래도 아쉬운 건 아쉬운 거다.

정작 입소문이 나기 시작하면 없어서 못 파는 물건이 되리라고 자신했지만 원래 인간이라는 게 당장 눈앞에 놓인 것을 먼저 따지게 마련이었다.

"현준아, 잠깐 볼일 좀 보고 오마."

손목시계를 살피던 아버지가 돌연 말했다.

현준은 고개를 끄덕였다.

"천천히 다녀오세요."

어차피 손님도 없는데 급히 처리해야 할 이유가 없었다. 이내 아버지가 나가고 현준은 크게 하품을 내뱉었다.

'차라리 내일부턴 경주한테 아르바이트 형식으로 봐달라고 해야겠다. 굳이 내가 있을 이유가 없잖아.'

혹시 몰라 며칠간 가게에 나왔는데, 이래선 굳이 나올 필요가 없을 듯싶었다.

띠리링.

때마침 종이 울리며 문이 열렸다. 아버지가 벌써 돌아오신 건가 했지만, 느껴지는 기척은 두 명이었다. 정신을 차린 현준이 문 쪽을 바라보았다.

"환영합니다."

첫인상이 중요하다. 게다가 첫 손님이었다.

현준은 생글생글 웃었다.

한데…… 들어온 손님의 옷차림이나 분위기가 예사롭지 않았다.

'깡패잖아?'

나 좀 거친 사람이오, 라는 분위기를 풀풀 풍기는 남자 두 명이었다. 껌을 씹으며 들어온 이들은 인상을 꽉 찡그리며 데스크를 두드렸다.

"이봐, 누구 허락받고 장사하는 거야?"

좋지 않은 예감은 왜 이리도 적중을 잘하는지.

현준은 눈썹을 꺾곤 말했다.

"그게 무슨 소리입니까?"

"상가 주인이 말 안 해줬나? 여기 우리가 관리하는 곳인데. 알았으면 관리세를 줘야 할 거 아냐. 응?"

"보증금에 월세라면 모두 지급했습니다."

"아, 이 형씨 말 안 통하네. 내가 무슨 말 하는지 정말 몰라서 그래? 이러면 우리가 얌전히 있지를 못하는데……."

자리는 좋으나 오랜 시간 입세자가 없었던 이유가 뭔지를 알겠다. 관리세 명목으로 돈을 뜯어가는 깡패들이 존재하기 때문이었다.

상가주인은 말해주지 않았다. 당장 멱살이라도 붙잡고 해명해 보라 하고 싶은 심정이었으나 상가주인은 이 장소에 없었다.

'어쩐지. 이런 자리가 웬일로 싸다 싶었다.'

한숨을 내쉰 현준이 자리를 빠져나왔다.

한 번 주면 계속해서 돈을 요구할 게 뻔하다. 그걸 가만히 두고 보고 있을 현준이 아니다.

'아버지께서 자리를 비워서 다행이군.'

빠득! 빠드득!

거칠게 손을 턴 현준이 눈빛을 가라앉히며 말했다.

"얌전히 안 있으면? 때리기라도 하시려고?"

"하! 조용히 해결하려 했는데 이 형씨가 우리를 완전 호구로 보네. 형식아, 처리해라."

"예, 형님."

말을 꺼낸 남자 뒤편에서 조용히 서 있던 형식이란 이름의 사내가 앞서 나왔다.

현준은 입꼬리를 말아 올렸다.

확실히 몸집은 좋다.

운동 좀 한 거 같지만…… 일반인 상대로는 어깨에 힘 좀 주겠으나, 하필이면 상대가 현준이었다.

파핫!

다짜고짜 사내가 주먹을 날렸다. 현준은 그 주먹을 마주 잡았다.

꽈드득!

사내의 팔이 비틀렸다. 탈골되는 소리가 적나라하게 울려 퍼졌다.

"끄아악!"

사내가 비명을 내질렀다. 이어 사내의 팔을 꺾은 그대로 가게 바깥에 던져 버렸다.

손을 털고 고개를 돌리자, 남자가 어안이 벙벙한 표정으로 가만히 서 있었다.

"좋게 말할 때 꺼져."

"이, 이 새끼가⋯⋯."

혼자 남은 남자가 주먹을 날렸다. 그래 봤자 같은 절차가 반복될 뿐이었다.

탁!

주먹을 붙잡은 현준이 말했다.

"내가 네 새끼냐? 어디다 대고 함부로 입을 놀려?"

빠득!

"끄으으윽! 자, 잠깐!"

"한 번 더 오면 진짜 죽는다."

한 손으로는 남자의 팔을 꺾고, 남은 한 손으로는 남자의 머리채를 쥐었다.

그대로 질질 끌어 바깥에 내던졌다.

"우리 불곰파를 건드리고 무사할 것 같으냐!"

"죽여 달라고 아주 발광을 하네."

현준이 성큼성큼 다가가자 바닥에 엎어진 두 남자가 겨우 자리에서 일어나 줄행랑을 쳤다.

그 뒷모습을 바라보며 현준이 쯧쯧 혀를 찼다.

'불곰파라.'

F구역 현상범 소탕 작전은 현재진행형이었다. 깡패 조직이라고 가만히 놔둘 리가 없었다.

'불곰 사냥도 나쁘지 않겠군.'

현준은 이빨을 보이며 웃었다.

사냥이라 칭하는 것은 상당히 오랜만이었다.

곧 화장실에서 볼일을 끝마치고 나온 아버지가 다가와선 물었다.

"누구 비명이 들리던데…… 무슨 일 있었더냐?"

"아니요?"

별거 아니라는 듯 현준이 어깨를 으쓱했다.

불곰파는 F지구에서도 나름 알아주는 조직이다. 조직원만 200여 명에 달하고 관리하는 구역도 만만치 않게 많았다.

그들의 주 수입은 F지구의 민간인들로부터 갈취한 자릿세와 같은 것들이었다. 시민의 고혈을 빨아먹는 전형적인 기생충 같은 부류인지라 규모는 커도 질이 좋지는 않았다.

당연히 평판도 나락이었다. 인생의 막장들이나 모이는 곳이란 인식이 강했다. '똥이 더러워서 피하지 무서워서 피하냐?'라는 그 말처럼 어지간해선 건드리지 않았다. 가볍게 건드리기엔 200명이란 숫자가 제법 많은 탓이다.

그런데…… 고작 삼 일.

200명을 넘겼던 숫자가 절반으로 줄어들었다. 현상금이 붙은 이들은 하나도 빠짐없이 경찰서로 보내졌고, 붙지 않은 이들은 중상을 입은 채 병원으로 이송되었다.

첫날은 조용히 넘어갈 수 있었지만 이게 이틀, 삼 일째가 되자 불곰파의 두목도 좌시할 수 없는 지경에 이르렀다.

"미친! 그 도깨비 탈인지 뭔지 하는 새끼 한 명 때문에 우리 불곰파가 흔들린다는 게 말이 돼? 잡아 와! 무슨 방법을 써서라도 잡아오란 말이야!"

불곰파의 두목이 목에 핏대를 세우며 이처럼 외쳤지만, 이하 부두목들은 고개를 숙인 채 침묵할 따름이었다. 그들이라고 도깨비 탈을 잡고 싶지 않겠는가.

그러나 일반 조직원뿐만 아니라 여러 부두목도 당한 뒤다. 신출귀몰은 둘째치고 실력의 차이가 압도적이었다. 어디선가 나타나서 번쩍하고 채 가는데 도저히 손을 쓸 겨를이 없었다.

"모자란 놈들. 너희 같은 놈들하고 한솥밥을 먹었다는 게 창피하다."

"뭉치는 것밖에는 답이 없어 보입니다, 보스."

침묵을 지키던 부두목 한 명이 입을 열었다. 불곰파 두목의 두 눈이 충혈되었다.

"그러니까, 백 명이 넘어가는 놈들이 하나같이 겁먹어선 숫자로라도 압박을 해보자 이거냐?"

"이대로 있다간 속수무책……."

퍽!

"끅!"

정강이를 걷어차인 부두목이 자리에 쓰러졌다.

"정말 도깨비 탈의 정체를 아는 놈이 한 명도 없는 건가?"

다른 부두목이 뒷짐을 지고 튀어나왔다.

"이상하게 추적이 안 됩니다. 돈을 풀어서 찾아봐도 잡힐 듯 말 듯하면서 잡히는 게 없습니다. 여러 흥신소와 경찰 쪽에 뒷돈도 찔러봤지만 마치 누가 의도적으로 지우거나 수정한 듯이 모든 정보가 우회되어 있습니다."

"그럼 놈이 경찰 관계자라는 거냐?"

"현재로선 그 가능성이 가장 농후합니다. 경찰의 아주 윗선과 연결된 게 아닌지……."

"우리가 아무리 인생 막장이라지만 사람은 가려서 건드린다. 고위 간부 관계자라면 우리를 적대시할 이유가 없어."

불곰파의 두목이 이를 갈았다.

고민을 거듭해도 나오는 결과가 하나같이 형편없었다. 여전히 도깨비 탈은 의문의 인물이었고, 불곰파는 현재 시각에도 산산이 조각나는 중이었다.

'대체 왜?'

이유를 몰라서 더욱 답답하다.

똑똑.

그때 누군가가 문을 두드렸다.

문과 가장 근접해 있던 부두목이 소리쳤다.

"누구냐. 중요한 회의 중이라고 말했을 텐데!"

똑똑.

하지만 들은 체도 하지 않고 문 두드리는 소리가 연이어서 났다.

"죽고 싶어서 환장……."

끼이익.

문이 열렸다.

그리고 무언가가 문틈으로 쓰러졌다.

털썩!

방 내의 모든 이의 시선이 한곳에 몰렸다. 쓰러진 이는 분명히 문 앞을 지키던 조직원이었다.

지금은 전신이 만신창이가 되어서 쓰러져 있었다.

누가?

아무런 소리도 들리지 않았다. 바깥에는 수십의 조직원이 지키고 있었고, 싸움이 났다면 소리가 나야 정상이었다.

모두의 머리에 물음표가 그려질 찰나 문이 더욱 크게 열리며 한 인영이 방 안으로 발을 옮겼다.

"너는……."

"도깨비 탈!"

소란이 일었다.

도깨비 탈은 여유롭게 그들 사이를 걸어 들어갔다.

하지만, 아무도 섣불리 덤벼들지 못했다. 지금껏 당한 조직원이 물경 백이다. 도깨비 탈한테서 흐르는 분위기는 어둡고 무겁기 그지없었다.

평소라면 호랑이 굴로 들어온 쥐새끼 한 마리라며 야유라도 내뱉었겠지만, 그 반대다.

쥐구멍을 파헤치는 호랑이였다.

도깨비 탈은 정확히 방의 중심에 서서 말했다.

"지금 보는 광경이 너희가 마지막으로 보는 광경이 될 것이다."

화르르!

화염의 날개가 솟아올랐다.

*   *   *

지역신문 론도(Rondo)는 주로 사람 사는 이야기를 싣는, 민간인에게 상당한 지지를 얻고 있는 신문사였다.

그런데 오늘 론도 신문의 1면을 장식한 내용은 평소와 달리 자극적이기 그지없었다.

―도깨비 탈, F구역을 평정하다!

말머리에 적힌 가장 큰 문구였다.

그로도 모자라 옥상 위에서 찍힌 도깨비 탈의 모습이 1면 전체에 나타나 있었다.

―어느 날 돌연히 나타난 도깨비 탈. 이미 F구역에선 선풍적인 지지를 얻고 있는 그는 나타난 시점부터 죄를 지은 이를 잡아들이며 악을 징벌하는 정의의 사자로 자리매김하였다.

소외당하고 억압받는 민중의 지지를 한 몸에 받고 있는 도깨비 탈은 얼마 전 F구역의 골칫덩어리였던 '불곰파'를 단번에 쓸어버리고 그 인기에 더욱 속도를 붙였다.

몇몇 사람은 다소 과한 집행이라며 도깨비 탈은 단순한 폭력배와 다를 바 없다고 우려의 목소리를 냈지만 이 인기몰이에 제동을 걸기는 어려울 걸로 보인다.

도깨비 탈을 찾으려는 이가 산을 이뤘으나 아무도 그에 대한 정체를 알지 못하니…… 어쩌면 시대가 낳은 진정한 풍운아(風雲兒)가 아닐까?

론도 신문에서 기사가 나가고 F구역의 사람들은 열광했다. 그저 도시 전설마냥 퍼지던 이야기가 확실하게 자리매김하게 된 계기였다.

F구역의 어떤 이들은 도깨비 탈이야말로 이 빌어먹을 세상의 판도를 바꿔놓을 영웅이라며 칭송의 목소리를 높였다. 그것은 신앙과 같았으며, 그만큼 못사는 이들을 위한 대변자가 필요했다는 방증이기도 하였다. 그동안은 그런 이가 없었다는 것이고……

아는 이가 많아지자 도깨비 탈과 관련된 상품들이 우후죽순으로 생겨나기 시작했다. 아예 대량으로 탈을 팔거나 이름 자체를 '도깨비 탈'로 바꿔 버린 이들도 상당했다.

하지만 도깨비 탈의 인기는 F구역 한정이었다. 나올 수 있는 상품도 한계가 있었다. 대기업의 자본이 들어서기엔 도깨비 탈의 수요가 아직은 부족한 게 사실이다.

그사이에서 가장 두각을 나타내고 있는 상품은 다름 아닌 손목시계였다. 가장 먼저 도깨비 탈을 브랜드화하는데 도전했고, 조금씩 입소문을 통해 퍼져 나가 지금은 상당한 마니아층을 가지게 된 곳.

500개 한정의 손목시계는 정확히 3달 만에 완판이 되었다. 사고 싶어도 살 수 없는 물건이 된 것이다. 프리미엄이 조금씩 붙고 있는 건 당연지사다. 즉, 프리미엄이 붙을 만한 물건이라는 뜻이다.

다음 상품으로 또 무엇이 나올지, 많은 이가 벌써부터 눈독을 들이고 있었다.

도깨비 탈이라 이름 붙은 곳 중 가장 앞서나가는 선두주자
임은 분명해 보였다.

*   *   *

미래 예술고등학교.

각종 예술과 관련된 전문적인 공부를 할 수 있는 장소로서
이름이 드높다. 여타 다른 학교와 달리 현역으로 활동하는 경
쟁력 있는 선생님들로 구성되어 있어서 질 좋은 공부가 가능
한 것이다.

학비가 비싸지만, 이곳에 다니는 대부분 학생은 부유층에
속해 있었다. C지구 어디 기업 사장의 딸이라거나 하는 경우
가 왕왕 있었다.

당연하게도 F지구 출신은 없다시피 하였다. 기껏해야 전교
에 다섯이 넘지 않았다. 하물며 1학년 중에서 F지구 거주자는
경주가 유일했다.

그럼에도 기죽지 않고 다니는 건 경주가 대찬 성격의 소유
자여서 그렇다.

특히 요즘은 다음 상품의 디자인을 그리느라 머릿속이 복
잡했다. 학교 일에 일희일비할 시간이 없었다.

'이번에는 장난감이란 말이지…… 자동기계화를 접목한다면 무슨 장난감이 좋을까?'

등굣길.

경주는 다음 상품인 장난감의 디자인을 머릿속에 그리는 중이었다.

일단 장난감이라 정해지긴 했는데, 무슨 장난감으로 할지는 정해진 바가 없었다.

이번 일은 어쩌면 자신이 생각한 종류의 장난감과 디자인이 채택될 가능성이 컸다.

아이들이 가지고 놀 만한 것들을 일일이 나열해 본다.

대표적이라면 자동기계 로봇, 자동차 등이 있겠다. 2134년에도 아직 두 발로 다니는 거대한 로봇은 등장하지 않았다. 시험 삼아 일본 쪽에서 만든 게 있긴 하지만 드는 비용이 천문학적이라 도중 중단했다고 하던가.

'남자 여자 둘 다 가지고 놀 수 있는 게 좋겠지? 로봇은 거의 남자만 가지고 노는 편이잖아.'

그러다가 머리를 긁적였다.

'로봇, 로봇이라. 그냥 도깨비 탈 로봇을 만들면 되지 않을까? 그러면 남녀를 가리지 않을 거 같은데.'

이게 또 그럴싸했다.

'그래, 도깨비 탈이 좋겠어.'

애당초 브랜드 이름 자체가 도깨비 탈이었다.

경주는 고개를 끄덕이며 내심 낙찰을 선언했다. 도깨비 탈 로봇을 만들자고.

남은 것은 디자인뿐이었다.

다행히 외견을 고민할 필요는 없었다. 경주는 잠시 자리에 멈춰 서서 가방을 열었다. 그리고 메모지와 펜을 꺼내 당장 떠오른 이미지를 스케치했다.

'옷은…… 재단 공부 충분히 했으니까 괜찮을 거야. 정 안 되면 엄마 힘 좀 빌리지, 뭐.'

모든 게 수작업으로 돌아가고 있었다. 도깨비 탈의 겉옷은 아무래도 직접 재단을 해야 할 듯싶었다.

작다지만, 수백 개나 되는 옷을 재단하는 작업이 쉽지는 않을 듯했다. 그래도 모든 건 마음먹기 나름이었다. 불가능하리라 생각하진 않았다.

어느새 교문에 들어간 경주가 거침없이 자신의 교실을 찾았다.

교실에 들어서자 벌써 절반가량의 학생이 등교해 있었다. 이내 경주는 자신의 자리 앞에 섰다.

동시에 눈살을 찌푸렸다.

책상 위에 낙서가 되어 있었다.

F지구 거지는 돌아가라!

학교 물 흐리지 말고 꺼져!

얼굴 좀 반반하다고 깝죽거리지 마.

그나마 가장 준수한 내용이 이 정도였다. 차마 입에 담기조차 어려울 내용이 책상 전체를 도배하고 있었다.

곳곳에서 작게 웃음소리가 들렸다. 명백한 비웃음이다.

이런 일이 처음은 아니다. 하지만 요즘 들어선 제법 잠잠했었다. 이런 일이 벌어질 때마다 확실하게 처리를 했기 때문이다.

고개를 휙 돌린 경주가 학생들을 향해 외쳤다.

"누가 이랬어?"

대답은 없었다.

당연하다. 여태껏 그랬으니까.

"말했지? 불만 있으면 직접 말하라고. 겁쟁이같이 숨어서 이러는 거, 가소로워 죽겠어. 이런다고 내가 무서워할 것 같아?"

경주는 눈에 불을 켰다.

약해지면 무시한다는 거, 이미 신물 나게 겪은 뒤다. 집안이 몰락하고 오빠에게마저 연락이 끊어졌을 때, 경주는 스스로 강해지자 수차례 다짐했다.

자신마저 약해지면 엄마와 아빠가 견딜 수 없을 것이라 여기며 매사에 긍정적으로 행동한 것이다.

고작 이따위 일에 기죽을 리가 없었다.

만에 하나 기가 죽어서도 안 되는 일이다.

경주는 걸레를 빨아와 책상을 북북 닦았다.

'알릴 거리도 못 돼.'

가족을 걱정시킬 수는 없었다. 이제 막 행복의 궤도에 오르기 시작했는데 거기에 찬물을 끼얹을 순 없는 노릇이다.

이 정도 괴롭힘은 괴롭히는 축에도 끼지 못한다. 충분히 인내할 수 있었다.

"걸레가 걸레를 빠네!"

"와하하!"

교실에 한바탕 웃음이 맴돌았다.

경주는 손에 쥔 걸레를 강하게 잡았다. 마음 같아선 저놈의 면상을 향해 던지고 싶은 심정이지만 그랬다간 문제가 생긴다. 이 학교에 자신의 편은 없다고 봐도 무방했으므로 정상참작이 될 리 만무했다.

'참을 수 있어.'

경주는 참을 인을 세 번 새겼다.

하루 이틀 일도 아니고, 전학 온 지 벌써 두 달이었다.

배울 게 없었다면 모르겠지만, 미래 예술고등학교의 선생님들은 전부 진짜였다. 그들이 전해주는 지식은 경주에게도 많은 도움이 되고 있었다.

오로지 공부를 위해서다. 그리고 가족을 위해서였다.

'정말…… 별거 아냐.'

신경 쓰면 지는 거다. 저 녀석들이 노리는 것도 자신이 먼저 행동해서 문제를 일으키는 것이었다.

노리는 바가 뻔한데, 그 유치한 장단에 맞춰줄 생각은 전혀 없었다.

체육 시간.

남학생과 여학생들이 체육복으로 갈아입은 채 삼삼오오 모여 있었다.

"박경주, 또 체육복 없어?"

여자 체육 교사가 눈살을 찌푸리며 말했다. 학생 중에서 유일하게 경주만 교복을 입고 있었다.

경주는 당당하게 말했다.

"잃어버렸어요."

"잃어버렸으면 새로 사야지. 수업 안 받을 거야?"

"속바지는 입었어요."

체육 교사가 한숨을 내쉬었다. 특유의 대찬 성격 탓인지 경주는 한 마디도 지는 법이 없었다.

얼마 전에는 반쯤 찢어진 체육복을 꿰매서 입고 오더니 이젠 아예 잃어버린 모양이다.

"벌칙 알지? 운동장 다섯 바퀴."

"네."

대수롭지 않다는 듯이 대답한 경주가 천천히 운동장을 뛰기 시작했다.

미래 예술고등학교는 운동장이 매우 큰 편이었다. 남자아이들도 몇 바퀴 돌지 못해 쓰러지기 다반사였다. 웬만한 여자아이가 한 번에 다섯 바퀴를 돌 수 있을 리가 없었다.

그래서 대부분이 체육 시간 내내 조금씩 거리를 쪼개 운동장을 도는 길을 택한다. 사실 다섯 바퀴를 전부 안 돌아도 딱히 뭐라 하진 않는다.

하지만 경주는 벌칙을 수행하며 단 한 번도 쉰 적이 없었다. 힘들다는 소리를 내뱉은 적 역시 없었다.

'그냥 예쁘장한 아이인 줄 알았는데.'

첫인상은 그랬다. 예쁜 아이.

F지구에서 왔다는 걸 알고 조금 안타깝긴 했다. 오래 견딜 수 없을 것 같았다.

여타 교사들도 반 내에서 공공연하게 괴롭힘이 이뤄지고 있다는 걸 잘 안다. 그러나 F구역에서 온 아이이기에 쉬쉬하는 게 사실이었다.

어차피 얼마 못 가서 전학을 갈 거다. F지구에서 온 아이는 대개 그러했으니까.

한데…… 잘 버티고 있다.

성적도 좋고, 성격도 대차다.

'원래는 A구역 출신이랬던가?'

학생들은 모르겠지만, 교사들은 익히 숙지한 프로필이다. 교사들이 아예 경주를 신경 쓰지 않는 가장 큰 이유이기도 했다.

높은 사람이 아래로 떨어질 땐 그만한 이유가 있는 법이다. 괜히 연관되면 새우 등 터지는 것마냥 불이익을 받을 것으로 생각했다.

그냥 묻혀가는 게 제일이다.

'쯧쯧.'

내심 혀를 찬 체육 교사가 고개를 돌려 수업을 진행했다.

모처럼 안전한 직장을 선택했는데 위험을 무릅쓸 이유가 없다. 다른 교사라고 다르지 않을 것이다.

"애들아, 오늘은 배구를 할 거야."

미리 준비한 배구공을 치켜들며 그녀가 말했다.

"규칙은 다 알지? 일단 여섯 명씩 조를 이루렴."

"마음대로 나눠도 돼요?"

한 학생이 질문하자 체육 교사가 고개를 끄덕였다.

"그래, 하고 싶은 애들끼리 해도 돼."

조 편성은 빠르게 이뤄졌다. 이어 네트 하나를 사이에 두고 배구시합이 시작되었다.

경주가 운동장 다섯 바퀴를 다 돌았을 때에는 이미 모든 조가 나뉘어 시합이 진행되고 있었다.

"선생님, 다 돌았어요."

이마에 흐르는 땀을 쓸며 경주가 다가왔다. 체육 교사는 잠시 머뭇거렸다.

"어, 잠깐만. 3조. 거기 한 명 비지?"

"아뇨. 안 비는데요."

3조원 모두가 만장일치로 고개를 저었다.

"거짓말하지 마. 다섯 명이잖아."

"다섯 명으로도 충분해요!"

"잔말 말고 같이해."

"싫은데……."

옆에 서 있던 경주가 그 분위기를 읽지 못했을 리 없다. 억지로 받아주는 것도 싫었다.

"선생님, 저 그럼 옆에 앉아서 구경하고 있을게요."

"그, 그럴래?"

체육 교사가 안 그래도 곤란했다는 것처럼 어색하게 웃었다.

경주는 아무렇지 않은 듯 식수대에서 물을 조금 마시고 운동장 옆 계단에 앉았다.

또래의 학생들이 즐겁게 웃고 떠들며 배구를 하는 중이었지만 마치 자신과 아이들 사이에 큰 벽이 쳐져 있는 것 같았다.

굳이 그 벽을 뚫고 들어갈 생각도 없지만.

차라리 마음 편히 쉬는 게 낫다. 더 해봐야 종아리에 알만 배길 뿐이다.

'시원하다.'

갈증도 해결했겠다, 마침 하늘에 큰 구름이 드리워졌다. 시원한 바람이 귓가를 쓸며 지나갔다.

가만히 눈을 감은 경주가 그 바람을 즐겼다. 배구를 하지 않아도 즐길거리는 많다. 이런 바람을 즐길 수 있어서 다행이었다.

그렇게 시간은 흘러 어느새 체육도 끝났다.

"아, 목말라."

"물 마시고 같이 화장실 가자."

체육 교시가 끝나자 아이들은 저마다 식수대로 향했다. 흘린 땀을 보충하기 위함이었다.

콰아아악!

"꺄아악!"

그 순간이었다.

식수대에서 폭발하듯 물이 터져 나왔다.

물을 마시던 여학생 한 명이 이마에 정확히 그 물대포를 맞고 쓰러졌다.

"무슨 일이니!"

깜짝 놀란 체육 교사가 허겁지겁 달려왔다.

슈우우욱―

동시에 식수대에서 뿜어진 물줄기가 얇아졌다.

하지만, 얇아진들 이미 한 명의 희생자를 만들어낸 뒤였다.

"얘! 정신 차려!"

물대포를 맞은 여학생은 그 자리에서 기절한 듯싶었다. 이마가 붉게 달아올라 있었다.

'……다행이다.'

경주는 안도의 한숨을 내쉬었다.

제일 먼저 식수대를 이용한 게 자신이었다.

다행히 자신이 사용할 땐 아무런 일도 일어나지 않았다.

비록 여학생 한 명이 기절을 했다지만 경주에겐 그다지 상관없는 일이었다.

'천벌 받은 거야.'

오히려 쌤통이었다.

평소 자신에게 가장 많은 열등감을 느끼던 여학생이었으니.

성형했네, 화장했네, 매일 한 번씩 태클을 걸어온 것이다.

사고 자체에는 애도를 표할 수 있으나 그와 별개로 드는 이 고소함은 어쩔 수 없는 듯싶었다.

미술 시간.

미술 교사가 득의양양한 얼굴로 고글 같은 안경을 들고 말했다.

"이 안경은 로터스(Lotus)라고 하는 장비로서 우리 학교에 오늘 처음 시범을 보이는 물건이랍니다. 중추신경과 연결이 돼서 생각한 이미지를 그대로 보여준다는데, 상상한 걸 그대로 본다면 앞으로 그림 그릴 때 많은 도움이 되겠죠?"

컴퓨터와 연결된 안경은 확실히 외견상으로도 비싸 보이긴 했다.

"자, 한 번 껴볼 학생 없나요?"

"저요!"

"제가 한 번 껴보겠습니다."

지원 학생이 넘쳐났다. 미술 교사가 웃으며 가장 앞에 선 남학생을 골랐다.

"진필중 학생, 나와서 한번 껴보세요."

"아싸!"

주먹을 불끈 쥔 남학생이 앞으로 나와서 안경을 건네받았다.

"안경을 쓰고 그리고자 하는 이미지를 떠올려 보세요. 뭐가 보이나요?"

막 안경을 쓴 남학생이 헤벌쭉 웃었다.

"헤헤헤, 이거 진짜 최곱니다."

"아무래도 진필중 학생은 모자이크 처리가 되어야 할 것들을 떠올린 것 같네요."

"하하하!"

"변태!"

학생들도 한차례 박장대소를 흘렸다.

하지만 즐거운 분위기도 오래가진 않았다.

"으악!"

남학생이 급히 안경을 벗어버리곤 바닥에 털썩 주저앉았다. 그리곤 이내 몸을 부들부들 떨기 시작한 것이다.

미술 교사가 당황해선 물었다.

"왜, 왜 그러니?"

"으으으……!"

남학생은 대답하지 않았다. 동공이 커진 상태로 부단히 몸만 떨어댔다.

겁을 먹어도 단단히 먹은 것 같았다.

대체 무엇을 보았기에?

"귀, 귀신, 엄청 잔인한 귀신……."

"귀신을 보았다는 건가요?"

"끄르륵!"

공포가 한도를 넘어가자 남학생은 입에 게거품을 물며 기절했다.

"학생! 학생!"

미술 교사가 급히 남학생을 흔들어 보았지만, 남학생은 꿈쩍도 하지 않았다.

경주는 이맛살을 구겼다.

'이상해.'

자신의 반에서 집중적으로 이상한 일들이 연달아 일어나고 있었다. 꼭 누군가가 의도적으로 이런 일을 벌이기라도 하는 것 같았다.

식수대에서 물대포가 쏘아지고, 로터스라는 안경을 통해 무시무시한 광경이 비친 건 애교다. 모르는 번호로 전화가 와서 이상한 말을 내뱉는다든가, 수시로 오는 문자에선 '죽어'라는 말로 가득 도배되어 있다든가 하는 일들이 계속 일어나고 있었다.

문제는 하나같이 추적이 되지 않는다는 점이다. 전화가 오고, 문자가 도착하고, 학교의 시스템이 이상해지는 것 전부 아무런 흔적도 찾을 수 없다는 답변만 받았다.

심지어 어느 날은 학생 혼자 화장실에 있을 때 스피커를 통해 묘한 소리가 들렸다는 것이다. 여자의 흐느낌 같기도 하고, 누군가의 비명 같기도 한…….

'무섭잖아.'

대찬 성격의 경주마저 그 이야기를 듣고는 온몸에 소름이 돋았다.

이런 일이 연달아 생기다 보니 끝내 정신병원을 찾는 학생마저 생겨날 지경이었다.

덕분에 괴롭힘은 줄었지만 영 찝찝하기 그지없었다. 게다가 끔찍한 일을 당하는 대상은 죄다 자신을 주도적으로 괴롭힌 학생들이었다.

수수방관한 아이들도 포함되어 있긴 했지만, 왠지 느낌이 좋지 않았다.

'너무 악질적이야.'

나름 활기찼던 반의 분위기가 어느새 팍 죽어버렸다. 학교 측은 원인을 밝혀내지 못해서 발만 동동 구르는 중이었다.

그저 우연이라는 말만 내세울 따름이었다.

그런데…….

정말 지금까지 일어난 일 전부가 우연일까?

풀리지 않는 미스터리였다.

경주는 좀처럼 굳은 표정을 풀지 못했다.

　　　　*　　　　*　　　　*

　오래간만에 일찍 집으로 돌아온 현준은 가동 중인 메시아를 보곤 고개를 갸웃했다.

　"너 뭐하냐?"

　「게임 중이었도다.」

　"게임? 네가?"

　별 희한한 말을 들었다는 듯 현준은 고개를 갸웃하며 물었다.

　「학교경영 시뮬레이션 게임이도다. 사용자도 한번 해볼 테냐?」

　"오, 재밌겠다. 어떻게 하는 건데?"

　곧 화면에 3D화한 학교의 정경이 비쳤다.

　「운영자가 되어서 학생들을 벌하는 게 주목적이노라.」

　"그거 경영 아니지 않나?"

　「이름은 붙이기 나름이도다.」

　"그래, 그렇다고 하자."

　「처음부터 시작하겠도다. 잘 보아라.」

　"메시아 네가 하는 게임이라고 하니까 괜히 기대되네. 재미없기만 해봐라."

현준은 입가에 미소를 띠고 컴퓨터 모니터를 지켜봤다.

곧 모니터로 짧은 문구가 떠올랐다.

[경주. 그녀는 집이 못산다는 이유로 학생들에게 괴롭힘을 당하고 있다. 경주를 대신하여 그녀를 괴롭힌 아이들에게 벌을 주자!]

게임의 목적이 뚜렷하다. 현준은 눈을 깜빡였다.

"왜 하필 이름이 경주냐?"

「그편이 더욱 몰입하기 쉬울 것 같았노라.」

"흠. 내 동생을 괴롭힌 녀석들을 내가 혼쭐 내준다는 거지……."

게임 주인공에게 감정을 덧씌우자 무한한 분노가 솟아올랐다. 안 그래도 동생인 경주가 전학을 가고 학교생활을 잘하는 중일지 걱정이었다.

비록 게임이라지만, 경주를 괴롭히는 녀석들을 가만히 놔둘 수는 없었다.

"학생들 머리 위에 뜬 이 수치는 뭐야?"

모니터에 교실이 나타났다. 교실에 앉은 학생들은 얼굴이 없었는데, 그 대신 머리 위로 숫자들이 나열되어 있었다.

「숫자가 높을수록 경주를 많이 괴롭힌 놈이도다.」

"숫자가 높으면 나쁜 놈이라는 소리군."

「그렇도다.」

"와, 이놈은 숫자가 무슨 120이야? 어떤 방식으로 혼쭐을 내줘야 하는 건지 감도 안 잡힌다."

「두 달간 학교의 모든 시스템을 해킹하고 학생의 모든 인적사항을 운영자가 알아냈다는 설정이도다. 그 안에서는 무엇을 하든 자유롭도다.」

"묘하게 현실적이군."

「천천히 생각해 보아라. 기회가 많지는 않도다.」

현준은 피식 웃었다.

"그렇다면 간단하네. .애들은 조금만 겁줘도 기겁을 하거든. 무서운 게 최고야."

흔히 말하는 저주받은 편지라거나 하는 것들이었다.

현준이 혼쭐낼 방법을 말하면 메시아는 그것을 실행시켰다. 곧 수치가 낮아지고 혼쭐난 학생들의 반응이 실시간으로 나타났다. 여전히 얼굴은 보이지 않았지만, 몸짓만으로도 충분히 알 수 있었다.

한참을 하다가 현준이 감탄사를 흘렸다.

"와, 이거 재밌다. 대리만족이 되는 느낌인걸?"

그것을 보고 메시아는 작게 말했다.

「재밌다니 다행이도다.」

제4장

길드 총력전

순풍만범(順風滿帆).

돛이 뒤에서 부는 바람을 받아 배가 잘 달리는 모양을 나타낸 사자성어로, 현준과 가족들의 현재가 이와 같았다. 바람 없어 표류하던 배가 도깨비 탈…… 정확하게는 현준을 만나 목표한 방향을 향해 빠르게 항해하는 중이었다.

도깨비 탈의 브랜드화에도 어느 정도 성공한 것 같았다. 자선사업 하다시피 손목시계 500개란 물량을 풀었지만 대신 사람들의 인식에 또렷이 박힐 수 있었다. 도깨비 탈이 물 위로 올라옴과 동시에 불티나게 팔리기 시작한 것이다.

완판되는 데 3개월.

하나 그것은 손목시계를 만드는 시간과 같았다.

만약 500개의 수량이 미리 준비되어 있었다면 2개월 완판도 노려볼 만했다.

질이 좋은데다 가격이 쌌으니 언제 주목을 받느냐의 문제였었다. 그래도 주목을 받기까지의 시간을 상당 부분 줄일 수 있었다.

완판됨과 동시에 다음 상품을 아버지와 메시아가 머리를 맞대고 고민하였다.

한참을 고민한 결과 어른들도 가지고 놀 수 있는 장난감이라는 결론이 나왔지만 딱히 떠오르는 상품이 없었다. 그러던 찰나 경주가 '그렇다면 도깨비 탈을 로봇처럼 만들어보자' 라는 의견을 냈고, 경주의 의견은 만장일치로 통과되었다.

즉시 작업에 들어갔다.

새롭게 출시된 도깨비 탈 자동기계 장난감은 전과 마찬가지로 수량 500개 한정이었지만 이번마저 자선사업과 같은 성격을 띨 수는 없었다.

자동기계 프로그램을 짜는 건 아버지와 메시아가 머리를 맞대면 간단한 일이니 거기서 굳이 이윤을 남길 필요는 없고, 대신 원재료 가격이 6만 원가량이었다.

이것저것 따져서 13만 원을 책정했다. 사실 20만 원, 30만

원을 받아도 크게 하자 없는 퀄리티를 자랑했지만, 아버지의 고집상 어쩔 수가 없었다.

역시 최저 마진이었다.

박리다매 또한 안 되었고.

그나마 입에 풀칠할 수 있을 정도?

손목시계 때랑은 경우가 약간 달랐다. 만드는 족족 팔려 나가는 것이다.

'건드리는 놈들도 없고……'

가게 앞에 긴 줄을 보곤 현준이 미소를 지었다.

불곰파는 전부 때려잡았다. 완전히 와해한 그곳을 걱정할 필요는 없을 듯싶었다.

경주나 어머니도 시간이 날 때마다 아버지를 도와 가게를 운영해 나갔다.

'이제 집만 옮기면 완벽해.'

하루빨리 돈을 벌어서 등급 재조정 심사를 받아야 한다. F구역의 현상범들도 나날이 줄어가는 추세여서 하루에 잡히는 이가 이제는 손에 꼽힌다.

범죄율도 눈에 띄게 낮아지고 있었고, 소기의 성과는 이뤘으니 남은 건 집을 옮기는 것뿐인가 하였다.

무슨 심경의 변화인지 아린이 일주일 전 길드로 돌아갔다.

길드 마스터가 이라크에서 돌아왔다는 거 같은데, 죽어도 수련을 받기 싫어하던 그녀로선 의외의 모습이었다.

그리고 오늘.

어쩐지 다크서클이 진한 모습으로 그녀가 현준을 찾아왔다.

"여기 웬 좀비 한 마리가…… 괜찮으냐?"

현준은 뜨악하며 말하자 아린은 주머니에서 봉투 하나를 꺼냈다.

"이거 받아."

봉투를 건네받고서 현준이 고개를 갸웃했다.

두둑하다.

종이류의 무언가가 들어 있는 거 같았다.

'돈인가?'

그간 차고에서 머문 돈이라도 내려는 걸까.

만에 하나 돈이라면 금액이 상당할 것이었다.

현준은 살며시 미소를 지었다.

"에이, 안 줘도 괜찮은데……."

하지만 봉투를 개봉한 현준의 표정이 급격히 어두워졌다.

'돈이 아니잖아.'

우선 현금은 아니었다.

흰 종이 여러 장이 접혀 있었다.

봉투 안에 후! 하고 바람을 넣어 안에 든 내용물을 빼내기 쉽게 만들었다.

이어서 종이를 꺼내 펼쳐 들었다.

"범죄자와의 전쟁?"

종이 가장 위에 적힌 문구였다.

현준의 반응을 본 아린이 물었다.

"몰라?"

"이게 뭔데?"

"국가에서 지원. 1년에 한 번 대대적으로 범죄자와의 전쟁이 이뤄져. 국가지정 현상범의 경우는 현상금이 두 배 증가하고 성적이 좋은 사람은 따로 불러내서 상을 준대. 그건 참가자 명단."

현상금 두 배!

상을 준다거나 하는 이야기는 전혀 들리지 않았다.

현준의 귓가엔 계속해서 현상금 두 배라는 말만이 울려 퍼졌다.

'국가지정 현상범이면 값이 상당할 게 틀림없어. 거기에 두 배면……!'

지금처럼 자잘한 현상범 수십, 수백을 잡는 것보다 그 한 명을 잡는 게 나을 수도 있었다.

게다가 범죄자와 전쟁의 달이라는 게 있다는 걸 어디선가 들어본 것 같기도 했다.

'길드에서 1년에 한 번 반드시 참여해야 한다는 일이 이거였구나.'

아린이 처음 접선을 해왔을 때 한 말. 그게 아무래도 이것인가 싶었다. 길드 총력전 말이다.

현준은 종이의 나머지 부분을 쭉 읽어내려 갔다.

참가자들을 확인한 현준의 눈이 커졌다.

'5대 길드가 다 들어 있네.'

섬광, 푸른 양, 암흑 사냥꾼, 다크맨, 폴라리스.

이하 다섯 개의 길드 모두가 참여하겠다는 지장이 찍혀 있었다.

다섯 길드에 포함된 인원만 거의 사백에 달했다.

"길드만 참여할 수 있는 건가?"

"응. 나머지는 경찰들."

"그러면 난 참가 못하겠군."

현준은 씁쓸하게 말했다. 어느 길드에도 가입한 바가 없었다.

폴라리스 길드는 그곳의 마스터가 영 미덥지 않아서 거절하지 않았던가. 그 뒤로 직접 활동을 한 일이 거의 없었다. 그림자 속에 숨어 도깨비 탈로만 움직였으니 다른 길드에서도 접선해 올 일도 없었다.

현준의 아쉬워하는 반응을 보곤 아린이 말했다.

"하고 싶어?"

"할 수 있어?"

"가입하지 않아도 길드 명단에 이름만 올리면 돼. 그러는 사람 꽤 많아."

현준은 턱을 쓸었다. 진짜 길드 마스터의 앞에서 대놓고 거절한 게 몇 달 전이다. 현상금 두 배라는 대목은 절대 놓칠 수 없었지만, 과연 그가 허락할지 의문이었다.

"괜찮을까?"

"문제없어."

아린은 제법 자신 있는 투였다.

그리고 아린이 자신하니 딱히 문제가 없을 것 같다는 생각도 들었다.

'현상금 두 배……'

안 그래도 거금이 필요한 차였다. 집을 옮기고 등급 재조정 심사를 받으려면 못해도 1억은 더 필요했다. 거기에 경주 학비나 가게 운영지원금, 메시아의 스펙 개선도 생각하면 얼마가 있다 한들 부족한 게 현실이었다.

국가지정 현상범 한정이긴 하지만 현상금이 두 배다. 어마어마하게 끌리는 조건이었다.

'그래. 두 배잖아. 철면피 한 번 쓰지 뭐.'

가능하다면, 망설일 이유가 없다.

현준은 가만히 기다리는 아린을 향해 고개를 끄덕였다.

"할게."

"알았어."

"그런데 나한테 갑자기 이런 정보를 알려주는 이유가 뭐야?"

한다고 대답은 했지만 의아한 점이 한 가지 있었다.

그러자 아린이 매우 작게 말했다.

"좋아할 것 같아서……."

"응?"

아린은 시치미를 뚝 뗐다.

"필요 없어?"

필요 없을 리가.

오히려 반대였다.

"아니, 나야 정말 고맙긴 하지."

"그럼 됐어."

할 말을 전부 전했다는 듯 아린이 몸을 휙 돌렸다. 그리곤 뒤도 안 돌아보고 걸어갔다.

'진짜 이거 전해주려고 온 거야?'

아린의 뒷모습을 바라보며 현준은 눈을 깜빡였다. 현준의 입장에선 엄청나게 고마운 정보이긴 한데, 아린이 굳이 다시 찾아온 이유를 모르겠다.

차고를 빌려준 일은 이미 충분한 대가를 치르지 않았는가. 묘하게 현준을 고분고분 따른 거 같긴 하지만 아직 친하다고 자신 있게 말할 정도의 사이와는 조금 거리가 있었다.

현준은 봉투를 주머니에 쑤셔 넣고, 돌아가는 아린을 향해 급히 외쳤다.

"야! 같이 밥이라도 한 끼 먹자."

뚝!

아린이 발걸음을 멈췄다.

"밥?"

천천히 걸어서 아린을 따라잡은 현준이 말했다.

"이대로 헤어지긴 아쉽잖아. 게다가……."

이후 아린의 얼굴을 이모저모 살펴본 현준은 한숨을 내쉬었다.

"피골이 상접해 있는 게 영 보기 안쓰럽다. 내가 영양보충 확실하게 시켜줄게. 어때?"

살이 좀 빠진 것 같았다. 식사를 제대로 못하는 탓인지, 아니면 수련이 그만큼 힘들어서인지는 모르겠지만 이대로 보낼 수는 없는 노릇이다.

"……파스타?"

"너는 어째 파스타밖에 모르냐."

맛있는 걸 사주려 했으나 결론은 파스타였다. 직접 만든 음식을 선호한다 하였으니 파스타 가게로 갈 수도 없을 것 같았다.

'직접 만드는 수밖에 없겠군.'

현준은 어깨를 으쓱했다.

바깥에서 먹는 것보다 직접 만드는 편이 싸다. 돈 절약할 수 있다는데 마다할 현준이 아니었다.

*　　　　*　　　　*

C지구 이하의 지구에선 1년에 한 번 범죄자와의 전쟁이 선포된다. 대략 보름간 진행되며 이 보름간 상당한 숫자의 범죄자가 잡히는 모양이었다.

그래서 많은 범죄자가 이 시기가 다가오면 최대한 몸을 숨긴다. F지구의 범죄율이 낮아진 건 물론 도깨비 탈의 영향도 없진 않겠지만 보름간의 전쟁 선포 기간이 다가온 이유가 가장 컸다.

그리고 현상금 사냥꾼 길드의 입장에선 결코 놓칠 수 없는 기간이기도 하였다. 현상금 두 배는 둘째치더라도 길드의 신용도를 단번에 끌어올릴 수 있는 절호의 기회기 때문이다.

길드 마스터 간의 자존심 대결도 없지 않아 있었다.

또한, 많은 현상금 사냥꾼이 이 기간에 자신의 이름을 알리기도 한다. 이름이 알려진다는 것은 몸값의 상승으로 이어지고, 대부호에게 아주 비싼 가격에 고용되는 경우가 없지 않았다.

참가자 사백여 명 모두가 각자의 이유를 가지고 혈안이 된다는 거다.

"와…… 사람 진짜 바글바글하네."

현준은 질린다는 듯이 말했다.

C지구의 경찰청 앞 너른 공터에 이천여 명 가까운 사람이 모여 있었다.

이 중 민간인은 한 명도 없었다. 경찰, 혹은 경찰 관계자, 그리고 길드에 속한 현상금 사냥꾼이 전부였다.

오늘 이곳에서 보름간 이뤄지는 범죄자와의 전쟁이 선언될 것이다. 이 전쟁에 참여하는 모두가 이곳에 모여 있었다.

참여자의 참가는 필수였고, 하는 수 없이 현준도 폴라리스 길드를 따라 당도한 것이었다.

현준의 놀라운 음성에 한 남자가 현준의 등을 툭툭 두드렸다.

"자식, 기죽지 마! 우리 길드 최고 기록을 경신하고 홀연히 사라진 놈이 기죽으면 안 되지."

"하하! 그래도 다시 보니까 반갑다, 인마!"

"이참에 영영 들어오는 건 어때?"

주변의 사내들이 한 마디씩 던졌다. 입단 테스트 때 최고 기록이 바뀌었다는 것은 길드원 전체가 알고 있었다. 최고 기록을 갈아치우고 입단을 거절한 것도 두고두고 회자되었다.

다행히 나쁜 이미지로 정착하진 않은 듯했다. 반대로 현준의 대범한 선택에 엄지를 추켜세우는 이들도 적지 않았다.

어색하게 머리를 긁적인 현준이 눈길을 돌렸다.

"저기 저 하나같이 반짝이를 입고 있는 사람들은 누굽니까?"

현준의 바로 옆에 선 남자.

김광수랬던가. 몇 번 같이 술잔을 나눈 기억이 있었다. 그가 말했다.

"들어는 봤느냐. 길드 섬광이다. 눈에 띄는 걸 엄청 좋아하는 녀석들이지."

"아, 이름처럼 반짝반짝하네요."

섬광 길드.

메시아가 추천했던 곳이다.

참석한 숫자는 백여 명 정도. 제일 많았다.

그다지 마음에 드는 옷차림은 아니었지만, 확실히 눈에 뜨이긴 했다.

"조심해. 섬광 길드 놈들은 전부 남자를 좋아하지. 너같이 곱상한 놈은 바로 뚫릴 가능성이 있어."

현준은 눈살을 찌푸렸다.

"뚫리긴 뭐가 뚫립니까?"

"하여간 조심해라."

폴라리스의 가짜 길드 마스터가 대열에 합류했다.

"오오! 역시 폴라리스 길드. 늦장 길드답게 제일 늦었군."

가짜 길드 마스터를 향해 그 옆에 선 이가 거드름을 피웠다.

현준은 소곤소곤 말했다.

"저 쥐같이 생긴 놈은 누굽니까?"

김광수가 입을 가리며 웃었다.

"큭큭, 쥐라…… 정확히 봤다. 다크맨의 길드 마스터야. 우리 길드를 못 갉아먹어서 안달이지."

"갉아먹어요?"

"매년 이 기간 때의 성적이 우리보다 아주 조금 낮았거든. 열등감이랄까?"

"약이 올랐나 보군요."

"우리 길드가 만년 4위고 다크맨 길드가 만년 5위였으니까. 좀 벗어나고 싶겠지."

폴라리스 길드와 다크맨 길드가 사이가 나쁘다는 것은 아주 잘 알았다.

'경쟁이 심한가 보군.'

서로 순위를 내고 그것에 열등감을 느끼는 걸 보면 이번 일이 얼마나 치열하게 진행될지 짐작이 갔다.

그 순간이었다.

갑작스레 주변이 요란스러워졌다.

"저놈 블랙 스타 아니야?"

"블랙 스타?"

"복귀한 거야?"

검은색 망토를 입고 등장한 이.

별 모양의 가면을 쓰고 있어서 자세히 얼굴을 확인할 순 없었지만 남자인 것 같았다.

그가 이 소란의 중심이었다.

김광수가 중얼거렸다.

"푸른 양이 승부수를 던졌군. 이번에는 기필코 1위를 탈환해 보겠다는 건가?"

현준은 고개를 갸웃했다.

"블랙 스타가 누구기에 이렇게 소란인 겁니까?"

"이 업계에서 나름 전설적인 놈이지. 5년 전에 돌연 잠적을 선언해서 소문이 많았는데, 다시 나온 거 보면 푸른 양의 길드 마스터가 잘 구슬린 모양이야."

말하자면 복귀전이라는 것이었다.

곧 김광수는 이빨을 드러내며 웃었다.

"괜찮아. 우리도 올해엔 다크호스가 있다고. 블랙 스타 저리 가라지, 암."

어쩐지 어깨가 무거워지는 현준이었다.

'남은 길드는 암흑 사냥꾼인가?'

현상금 사냥꾼 길드는 다섯 곳. 그중 섬광, 다크맨, 푸른 양이 언급되었다. 폴라리스도 그중 한 곳이었으니 이제 남은 건 암흑 사냥꾼 길드뿐이었다.

현준은 마지막으로 남은 줄을 바라보며 볼을 긁적였다. 고작 30여 명이 전부인 줄이 있었는데 저들이 암흑 사냥꾼 길드인가 싶었다. 침착한 분위기, 하나하나가 무표정하기 그지없었다.

섬광 길드처럼 옷을 똑같이 맞춰 입진 않았지만 움직이기 간편한 가죽옷 일색이었다.

'전부가 경쟁자!'

현준은 눈을 부릅떴다. 같은 팀인 폴라리스마저 현재의 현준에겐 적이었다. 현상금 2배의 힘은 그만큼 위대했다.

'아린은…… 아무 생각이 없구나.'

그러다가 앞쪽에 선 아린을 한차례 바라보곤 현준이 고소를 지었다. 수많은 이의 시선을 사로잡고 있는 아린은 가만히 서서 어딘지 모를 곳을 바라보고 있었다. 얼핏 보면 백치미가 느껴지지만 현준은 저게 정말 아무런 생각이 없는 표정이란 확신을 했다.

언제부터인가 조금씩 저 무표정한 얼굴에서 감정을 읽어 낼 수 있게 되었다. 아린은 단지 표현이 서투를 따름이지 상당히 여러 가지의 감정을 표출하는 편이었다.

불현듯 아린이 고개를 돌렸다. 정확히 현준을 쳐다봤다. 둘은 한참이나 눈빛을 교환했다. 마지막으로 검지와 중지를 세워 V를 만든 아린이 다시 고개를 돌렸다.

'V? 잘해보라 이거야?'

V라 하면 빅토리(Victory)일 것이다. 아린식의 응원이었다.

"반갑소. 이번 전쟁을 맡게 된 이루한 서장이오."

곧 C지구의 경찰서장이 단상 위에 섰다. 배가 불뚝 나오긴 하였지만 눈에서 느껴지는 노련미가 상당했다. 눈빛만으로 사람을 제압한다는 그런 느낌이었다.

"언제부터인가 이 시기가 각자의 힘을 겨루는 각축장이 되어버렸소. 그러나 우리가 할 일은 하나. 범죄자를 잡는 것이오. 이것을 잊지 말았으면 하외다."

곳곳에 준비된 카메라의 플래시가 터지기 시작했다. 공중파를 통해 방영되는 분량은 지금부터였다.

크게 헛기침을 한 경찰서장이 이어서 말했다.

"우리나라는 병들었습니다."

갑자기 존댓말?

현준이 의아해하자 김광수가 답해주었다.

"방송용 얼굴이라는 거지."

"연기대상 감이군요."

처음에는 오만하고 얕잡아 보는 분위기가 강했다. 그런데 지금 경찰서장의 표정은 지켜보는 이마저 비장한 기분이 들 정도로 무거웠다.

그러거나 말거나 경찰서장은 연설을 계속했다.

"들끓는 범죄자, 외세의 위협, 호시탐탐 내란을 노리는 옛 북쪽의 잔당들…… 더 이상 참고 있을 수만은 없습니다."

지루한 연설이 될 것만 같은 기분이었다. 현준은 크게 하품을 했다. 그러자 단상 위에 선 경찰관계자들의 눈이 현준을 향했다.

현준은 급히 입을 가렸다.

'매의 눈이 따로 없네.'

이 많은 사람 중에서 자신만 골라 쳐다볼 수 있다니, 대단한 능력자들이었다.

"교장 선생님 훈화 말씀은 원래 지루한 법. 앞으로 한 시간은 더 있어야 끝난다."

"하……."

한숨을 내쉴 수밖에 없었다. 한 시간이나 가만히 서서 저

긴말을 듣다 보면 졸려 쓰러질 것만 같았다.

어쩔 수 없다.

현준은 경찰서장의 말을 한 귀로 듣고 한 귀로 흘렸다. 대신 각각 길드의 인물들을 머릿속에 저장하고자 자세히 살펴보았다.

'우선 각 길드의 마스터들부터.'

이곳에서 가장 중요한 인물이라면 각 길드의 마스터들일 것이다. 마스터마다 특색이 뚜렷해서 외우는 게 어렵진 않았다.

섬광은 화려하고, 다크맨은 쥐 같고, 푸른 양은 온화한 인상의 여자였다. 암흑 사냥꾼은 정말 어두웠다. 현준이 속한 폴라리스 길드의 마스터는 가짜고.

길드원들도 대략 비슷한 분위기였다. 길드와 맞지 않는 분위기의 소유자라면…….

'블랙 스타.'

저 검은 망토와 별 모양 가면을 쓴 블랙 스타다. 지옥에서 돌아온 것만 같이 어두웠다. 그 어둠은 암흑 사냥에 비할 바가 아니었다.

일순 블랙 스타의 눈이 현준을 향했다.

현준은 씽긋 웃어주었다. 잘하라는 의미로 V도 날려주었다. 녀석이 어둡다고 자신도 어둡게 행동할 수는 없는 노릇

아니겠는가.

잠시 현준을 쳐다보던 블랙 스타가 단상으로 눈을 돌렸다.

어깨를 으쓱한 현준이 남은 길드를 살폈다.

그렇게 얼마의 시간이 지났을까.

"……지금 이 자리에서 범죄자와의 전쟁을 선포합니다!"

짝짝짝짝!

겨우, 사냥이 시작되었다.

경찰들이 나서서 길드 전원에게 데이터 단말기 하나를 건 넸다. 데이터 단말기에는 국가에서 지정한 범죄자들이 저장 되어 있었다. 상세한 신상, 거주가 예상되는 지역 등을 보는 것이 가능했다.

"비싼 놈을 잡아야겠지? 두 배니까."

폴라리스 길드와 떨어져 각개행동을 개시한 현준은 두어 차례 목걸이를 만지작대며 말했다.

「고작 십오 일이도다. 잘 생각해서 결정해야 하도다.」

목걸이는 스카우트였다.

안경 형태에서 목걸이로 진화한 것이다.

그 덕분에 외 안경의 요란스러운 감은 완벽히 사라졌다. 참 으로 다행스러운 일이었다.

"근데 단말기에 저장된 놈들, 하나같이 비싸. 삼천만 원 이

하가 없어."

심지어 백억 단위의 현상범도 넷이나 있었다. 엄청난 규모를 자랑해서 혼자서는 잡기가 불가능할 것 같아서 논외로 쳤지만 정신이 아득해지는 액수다.

상황이 이러하다 보니 누구를 잡아도 목돈이 될 것이었다. 비싼 누구를 잡겠다, 가 아니라 더 잡기 쉬운 애를 잡겠다는 마음가짐으로 가야 할 것 같았다.

「모두 일급, 혹은 특급의 범죄자니라. 잡기 쉽지 않을 것이도다.」

"노다지라고. 어려울수록 잡았을 때의 쾌감이 증가하는 거 아니겠어? 게다가 나한텐 너도 있잖아. 출발 선상에서 열 걸음은 앞서 나간 거지."

메시아를 칭찬해 본다. 실제로 메시아가 있는 한 다른 이들보다 열 걸음, 백 걸음은 앞서 나갈 수 있었다.

「실로 맞는 말이도다. 사용자는 나를 좀 더 신뢰할 필요가 있노라.」

"그러니까 잘 부탁해."

「우선 돌아오길 바라노라. 단말기를 해부할 필요가 있도다.」

"오케이!"

크게 고개를 끄덕인 현준이 지체없이 집으로 향했다.

모든 준비가 갖춰졌다.

메시아에게 실시간으로 백업을 받으며 현준은 본격적인 사냥을 나섰다.

'빠르게, 빠르게.'

지금 이 순간에도 범죄자들이 경찰이나 길드원에게 잡혀 나가고 있었다.

숫자는 한정되어 있었다. 실제 단말기에 저장된 범죄자 대부분이 십오 일이 지나기 전에 잡힌다고 한다. 그만큼 경쟁이 심하고, 길드끼리 충돌하는 일도 잦다.

그러니 먼저 찾는 놈이 임자라는 거다.

현준이 노리는 건 몸값 오천만 원짜리의 미치광이 과학자였다.

인체실험을 밥 먹듯이 하는 끔찍한 놈.

혼자서 활동한다지만 여러 개의 굴을 파고 견고하게 방어 시스템을 갖춰놔서 잡기가 간단할 것 같지는 않았다. 그래도 단말기에 저장된 다른 범죄자들과 비교하면 매우 쉬운 측에 속했다.

현준이 도착한 곳은 E지구의 외곽이었다. 인기척이라곤 하나도 느껴지지 않는 장소. 이곳 어딘가에 미치광이 과학자가 있다.

"여기 맞아? 아무것도 없잖아."

「놈은 굴을 파고 생활하노라.」

"그 굴이 진짜 땅굴이었어? 비유가 아니라?"

「그렇도다. 개미처럼 땅굴을 파는 게 놈의 특징이니라.」

"여태껏 그런 식으로 현상금 사냥꾼이나 경찰들의 눈을 피한 거로군."

현준은 혀를 찼다.

괜히 미치광이 과학자라고 불리는 게 아닌 것이다.

"입구는 어디 있지?"

「주변에서 미약한 전파신호가 잡히도다. 잠시 기다릴지어다.」

곧 목걸이에서 붉은빛이 뿜어지며 주변 일대를 검색하기 시작했다.

붉은빛의 범위는 점차 좁혀져 갔다. 이윽고 한 지점에 붉은빛이 모여들었다.

현준은 고개를 갸우뚱거렸다.

있는 것이라곤 모래뿐인 장소였다.

"저기야?"

「그럴 가능성이 가장 크도다.」

가까이 다가간 현준이 모래 위를 두드려 보았다.

퉁—

'아래에 뭔가가 있긴 있네.'

안이 텅 빈 듯 소리가 울렸다. 현준은 즉시 모래를 걷어냈다.

3㎝가량을 파내자 제법 두꺼운 철판 하나가 모습을 드러냈다.

손잡이 부분을 잡고 열어보려 했지만, 쉽지 않았다.

「특별한 전자파에 반응하게 되어 있도다. 목걸이를 잠시 철판 위에 올려두거라.」

현준은 목걸이를 풀러 철판 위에 얹어놓았다. 다시 붉은빛이 점멸했다. 30초가량이 지난 후 철컥! 소리와 함께 철판이 위로 떠올랐다.

"대단한데!"

「간단한 일이도다.」

피식 웃은 현준은 목걸이를 다시 목에 둘렀다.

철판 아래엔 사다리가 있었다. 사다리를 타고 내려가니 긴 동굴이 눈앞에 나타났다.

"피 냄새……."

내려온 현준은 인상을 찌푸렸다. 어디선가 피 냄새가 맡아졌다. 무언가가 썩는 악취도 섞여 있었다.

철컥!

위에서 철문이 닫히는 소리가 들려왔다.

「곳곳에 함정이 설치되어 있도다.」

"그런 것 같아."

현준은 나름 사냥꾼들과 함께한 시간이 있었다. 북극의 이누이트들과 함께 생활하며 덫과 같은 함정도 수도 없이 봐봤다.

미치광이 과학자가 자신의 땅굴 안에 함정을 설치해 뒀다지만 모두 초보적인 것이었다. 단지 현대과학과 결합하여 조금 까다로울 뿐이었다.

죽창 대신 기관총이 발사되거나 하는 식이었다. 사방에서 쏘아지는 레이저가 신체를 위협하는 때도 있었지만 함정이 있는 위치만 안다면 충분히 피할 수 있었다.

"이상한걸……"

한데, 앞으로 나아갈수록 의아함이 들었다.

"함정 몇 개가 아예 부서져 있어. 그것도 최근에 부서진 거야."

곳곳에 발동하지 않는 함정들이 있었다. 그것도 누군가가 억지로 부순 듯이 잔해가 널렸다.

「먼저 온 손님이 있는 것 같도다.」

"나 말고 미치광이 과학자를 노린 사람이 있다고?"

최대한 신중하게 고른 현상범이었다. 이제 막 시작된 전쟁. 많은 이가 고가의 현상범을 노릴 것이었다. 적당한 가격이면서 잡기 까다로운 놈은 굳이 손대려 하지 않으리라 생각했다.

그게 맹점이 아니었단 말인가? 현준은 눈살을 찌푸렸다.

"이미 잡힌 건 아니겠지?"

「들어온 지 얼마 되지 않았을 것이노라. 아직 속단하긴 이르도다.」

"속도를 높이자."

시작이 반이랬다. 첫 먹이부터 빼앗길 수는 없었다.

현준은 최대한 빠르게 움직였고, 메시아는 주변을 신속히 탐색했다.

탕탕!

얼마 지나지 않아서 총소리가 귓가를 후볐다. 누군가가 앞에 있는 것이다.

300m 정도를 더 나아가자 왠지 익숙한 차림의 사람이 주변에서 쏟아지는 레이저를 피하고 발사대를 총으로 쏘아 부수는 중이었다.

'블랙 스타!'

푸른 양의 다크호스.

잠적을 선언하고 5년 만에 나타난 이.

그가 왜 여기에? 현준은 정신을 번쩍 차렸다. 어쨌든 자신의 먹이를 탐하는 이가 실력자라는 걸 알았으니 지체할 틈이 없었다.

'새치기 같지만…… 내 알 바 아니지!'

블랙 스타가 열심히 뚫어놓은 길을 현준은 유유자적 달려 나갔다.

획! 하고 앞을 지나가는 현준을 블랙 스타가 묘한 눈초리로 바라봤다.

'고맙다. 나 먼저 간다.'

현준은 그런 블랙 스타를 향해 윙크를 날려주었다.

뾰로로롱.

뒤에서 동그란 구 하나가 따라온다. 아이 주먹만 하게 생긴 은색의 구슬은 공중을 배회하며 주변을 스캔하고 있었다.

'저건 왜 날 따라오는 거야?'

현준은 인상을 찌푸렸다. 블랙 스타를 지나친 다음부터 저 은색의 구가 자신의 뒤를 졸졸 쫓아오기 시작한 것이다. 블랙 스타의 물건임은 분명해 보였다.

확 부숴 버릴까?

잠시 생각한 현준이 고개를 저었다. 나만 아니면 된다는 무한이기주의식 발상을 지닌 현준이었지만 그래도 자신에게 피해를 주는 게 아닌 이상 남의 물건을 막 부수진 않는다.

어차피 현준도 블랙 스타가 뚫어놓은 길을 마음 편하게 지나가지 않았던가. 구경 우선권은 줘야 할 것이다. 미치광이 과학자가 잡히는 걸 저 구슬로 지켜보면 되겠다.

막힘없이 달리다 보니 너른 공터가 나타났다. 입구가 여럿 있었고…… 그 앞에 발가벗은 남녀가 어색한 발걸음으로 주변을 배회하는 중이었다.

그들은 현준이 공터에 들어서자 고개를 돌려 시선을 모았다.

"그어어!"

동시에 입을 벌렸다. 입안에는 혓바닥 대신 총구가 들어서 있었다.

투다다다다!

기관총이었다.

1초에 수십 발씩 발사되는 총알이 현준을 노렸다. 현준은 급히 몸을 옆으로 날려 한차례 총알세례를 피할 수 있었다.

그러자 그들이 좀비처럼 느릿하게 양손을 들었다. 양 손바닥에도 총구가 존재했다.

투다다다다다다!

총알이 세 배로 날아들었다. 현준은 공터를 넓게 우회하며 달렸다.

"별것이 다 나오네! 현대식 좀비야, 뭐야?"

「이미 죽은 자들이도다. 기계화되어 움직일 뿐이도다.」

"저것도 미치광이 과학자가 한 짓이겠지? 진짜 이거 미친
놈 아냐!"

동굴 내에 진동하던 썩은 내의 정체는 이것인 듯싶었다.

그야말로 인권은 물 말아먹었다. 죽은 자를 애도하긴커녕
저런 식으로 다루다니. 미치광이가 괜히 붙은 수식어가 아닌
것 같았다.

화르륵!

현준의 전신에서 불꽃이 피어올랐다. 발사된 총알은 닿기
도 전에 녹았다. 모든 걸 불태우며 빠르게 다가간 현준이 수
도를 날렸다.

콱!

머리가 허공을 날았다. 그러자 움직임이 멈췄다.

눈 깜빡할 사이에 나머지를 처리한 현준이 손을 털었다. 이
미 죽은 자들이라도 손끝에서 느껴지는 찝찝함이 없지 않았
다. 하지만 그보다는 미치광이 과학자를 반드시 잡으리란 욕
망이 더욱 컸다.

"입구가 여러 개야. 메시아. 어디로 들어가야 하지?"

「가장 오른쪽에서 두 번째도다.」

현준은 지체없이 가장 오른쪽에서 두 번째의 입구로 발을
들였다.

치가 떨렸다. 앞으로 나아가면 나아갈수록 시련은 점점 험난해졌다. 좀비는 꾸준히 나왔고, 기계화된 개가 달려와서 자폭하는 일마저 있었다. 살점과 뼈가 흩날리는 광경은 비위 좋은 현준이라도 속이 메스꺼워질 수밖에 없었다.

으득!

절로 이가 갈렸다.

함정을 뚫는 건 어렵지 않았다. 문제는 정신적인 프레셔다. 시체가 움직이는, 정상적이지 않은 현실을 마주하면 감정은 고양되게 마련이었다.

'이런 놈이 어떻게 오천만 원이야?'

속은 기분이다. 어지간한 사냥꾼은 들어오는 족족 죽어나갈 터였다. 여태껏 잡은 천만 원 대의 범죄자들과 질 자체가 다르다.

말만 두 배고 사실은 가격을 후려친 게 아닐까? 아니면 오래전 책정된 가격이라 그런 걸까.

"……드디어 찾았군."

과학실과 같은 장소에서 안경을 낀 과학자를 찾은 현준은 눈을 번뜩였다.

체감상 두 시간은 헤맨 것 같았다. 길다 할 수 없는 시간이지만 현준에겐 무척이나 길게 느껴졌다.

과학자는 발가벗은 어린아이 한 명을 실험대 위에 올려두고 매우 진지한 표정을 짓고 있었다. 한 손에는 메스를 든 채였다.

'저 미친!'

과학자가 하려는 수작이야 뻔했다. 바깥에서 본 기계화된 시체들처럼 만들 것이었다. 다 자라지도 않은 아이를 무기로 사용하려 하는 미친놈이었다.

'아직 살아 있어.'

가슴에 미약한 기복이 있었다. 숨을 쉬고 있다는 방증이다. 이대로 가만히 두면 아이는 죽는다.

아이 머리 위에 놓인 기계가 진동하며 움직이려는 찰나 현준이 외쳤다.

"멈춰!"

곧 과학자가 고개를 돌렸다.

"네놈은 누구냐?"

"저승사자다, 새끼야!"

픽!

현준은 대뜸 주먹부터 날렸다. 과학자가 든 메스가 공중을 날았다.

연달아 움켜쥔 주먹이 과학자의 얼굴을 때렸다.

이곳을 오는데 들어간 시간과 노력, 메스꺼움이 폭발하듯 표출되었다. 아이를 실험체로 쓰려는 녀석을 바로 제압만 할 생각은 눈곱만큼도 없었다.

"머, 멈춰라!"

"말할 기력은 있나 보군."

제대로 걸렸다. 현준은 적당히 힘을 조절해서 주먹을 놀렸다. 힘 조절을 못했다간 목이 부러질 수가 있는 탓이다. 이런 놈이 죽는 건 개의치 않지만 얌전히 죽일 생각은 터럭만큼도 없다.

이빨 몇 개가 사방에 흩날렸다. 정신을 잃으려는 걸 뺨을 때려서 억지로 각성시켰다.

벌써 기절하면 곤란하다. 이제 시작이다. 한참 남았다.

"후!"

현준은 잠시 주먹을 털어내고 자리에 서서 과학자를 내려다보았다. 과학자는 이미 만신창이가 되어 바닥을 뒹굴고 있었다.

과학자가 급히 주머니에서 웬 버튼 하나를 꺼냈다. 그리고 벽 끝으로 물러나며 말했다.

"날 주기믄…… 너도 주거!"

이빨이 나가고 입에서 피가 줄줄 새는 상황이다. 발음이 제대로 될 리가 없다. 하지만 대충 알아들을 수는 있었다.

"자폭이라도 할 생각이냐?"

보통은 목숨 구걸 다음이 협박인데.

한 단계를 건너뛰었다.

"오, 오디 마!"

현준이 조금씩 다가서자 과학자가 소리 질렀다. 겁에 잔뜩 질린 모습이다.

"나 아픈 건 싫으면서 남 아픈 건 왜 몰라? 나도 착한 놈은 아니지만 넌 정말 나쁜 놈이다. 존재 자체가 해악이야."

혀를 찬 현준은 마지막 발을 내디뎠다.

이대로는 맞아 죽는다고 생각한 걸까? 과학자가 눈을 꾹 감고 버튼을 눌렀다.

"주거!"

우르릉!

굴이 흔들린다.

지진이라도 난 듯하다.

'진짜 자폭이었어?'

살기 위한 허풍인 줄 알았다. 원래 사람이 구석에 몰리면 없는 것도 만들어내는 법이었다. 그런데 허풍이 아니라 진짜인 모양이었다.

쿵! 쿵!

모래, 돌덩이가 떨어져 내린다.

무너지려는 징조다.

현준은 거의 본능적으로 몸을 날려 실험대 위의 아이를 덮었다.

콰르릉!

깜깜하다. 완전한 암흑이었다.

'살아 있나?'

압사를 당하진 않은 것 같았다.

"끄응!"

현준은 등 위를 덮은 돌덩이를 치웠다. 순간적으로 능력을 발현시키지 않았다면 몇 번을 죽어도 이상하지 않았을 것이다.

뻐근한 허리를 두드리며 현준이 주변을 둘러보았다. 굴이 아주 무너져 내리지는 않은 듯 곳곳에 틈이 있었다. 성인어른 한 명이 겨우 자리 잡을 공간이었지만 움직일 수 있다는 게 어딘가.

"애야, 정신 차려 봐."

현준은 아이를 흔들었다. 그러나 아이는 일어날 기미가 보이지 않았다. 하는 수 없이 반쯤 찢어진 옷을 벗어 아이에게 입혔다. 그 뒤 목걸이를 만지작거렸다.

"메시아, 내 말 들려?"

「통신…… 도다. 칙…… 기다려라…… 칙!」

"제길."

신호가 제대로 잡히지 않았다. 지하에선 위성으로 신호를 보내기에 한계가 있었다. 그래서 지하에 있던 통신장비들을 해킹하여 대화를 나눴는데 그게 굴이 무너지면서 전부 망가진 듯싶었다.

이래선 메시아의 도움도 바라기 어렵다. 혀를 찬 현준은 몸을 움츠린 채 주변을 살폈다.

"돌을 치워내야 하겠는걸……."

돌을 치우며 앞으로 나가야 할 것 같았다. 자칫 잘못하다간 굴이 더 무너지는 경우를 초래할 수 있지만 가만히 있어도 죽는다. 공기가 부족해서 죽든지, 배가 고파서 죽든지, 답답해서 죽을 수도 있었다.

최대한 굴을 지탱하는 기둥을 건드리지 않는 방향으로 나가야 할 것이었다.

"미치겠군."

현준은 머리를 북북 긁었다. 온 방향은 기억이 났지만 돌아가는 길이 한세월이었다. 차라리 체력낭비 하지 말고 구조를 기다리는 편이 나을 것이다. 메시아가 기다리라 하였으니 구조가 오긴 올 것이었다.

현준은 우월한 체력을 바탕으로 일주일, 내지 십 일 이상 버틸 자신이 있었다. 문제는 아이였다.

아이의 상태를 대충 확인해 본 결과 체력이 극도로 약해져 있었다. 얼마 버티지 못할 테다. 게다가 현준 본인의 체력이 있을 때 최대한 입구와 가까워지는 게 나을 가능성 역시 있었다.

"망할 과학자 같으니."

괜히 미치광이라 불린 게 아닌 것 같았다. 미친개한테는 매가 약이라지만 그랬다간 개가 더욱 미친 짓을 할 수도 있다는 걸 깨닫게 된 계기였다.

길게 한숨을 내쉰 현준이 돌을 치우기 시작했다.

가진 바 능력이라면 돌을 치우고 녹이며 상당히 빠르게 나아가는 것이 가능할 터였다.

반나절을 작업한 결과 제법 긴 길을 만들 수 있었다. 하지만 점점 수렁에 빠지는 느낌이었다.

'이 방향이 맞는 건가?'

메시아라도 있었다면 확인을 할 수 있을 텐데…… 통신은 완전히 끊긴 뒤다. 기억을 더듬어 진행할 수밖에 없었다.

'잠깐 쉬자.'

반나절 내내 쉬지 않고 달렸다. 현준은 너털너털 온 길을 되돌아갔다. 과학실에 도착하자 아이는 여전히 수술대 위에 누워 있었다.

현준은 그 주변에 자리를 잡았다. 오만 가지 생각이 다 들었으나 좌절하진 않았다.

좌절은 힘을 빼 가지만, 긍정은 힘을 짜낸다. 현준은 손을 들어 손가락을 확인하곤 고개를 저었다.

'다 까졌네.'

손톱 두 개가 아예 벗겨졌다. 워낙 작업에 열중해서 그조차도 모르고 있었다.

심하게 아프진 않았지만, 신경이 쓰이는 건 사실이었다.

'생각 자체를 말아야겠군.'

긍정적으로 여기자 노력했지만, 생각을 하는 순간 부정적인 것들이 머릿속을 채웠다. 머릿속을 비울 필요가 있을 것 같았다.

"으음……."

마침 아이가 정신을 차렸다. 현준은 잠시 감았던 눈을 떠서 아이를 바라봤다.

"누, 누구세요?"

"박현준. 너는?"

"용후. 박용후인데요…… 여긴 어디에요? 왜 이렇게 깜깜하죠?"

아이, 박용후가 자리에서 반쯤 일어나 주변을 살폈다. 그러나 보이는 건 어둠뿐이다.

"움직이지 마. 다친다."

"으으……."

박용후의 눈에서 눈물이 그렁그렁 맺혔다. 현준은 박용후
에게 다가갔다.

"뚝! 괜한데 힘쓰지도 말고. 앞으로 갈 길이 멀어. 울면 지
쳐서 쓰러진다. 쓰러지면 나는 너를 놓고 갈 수밖에 없어."

"크흥!"

박용후가 급히 콧물을 들이켰다.

아홉에서 열 살 정도로 보이는 아이지만 다행히 말은 통하
는 것 같았다.

"잘 참았어."

솔직하게 칭찬을 해본다. 그러자 박용후는 고개를 푹 숙이
고 혼잣말을 늘어놨다.

"애들이랑 놀고 있었는데……."

"아저씨가 사탕 준다고 따라갔니?"

"아뇨. 누가 뒤에서 절 덮친 거 같았어요. 아, 다른 애들은
어디 있어요?"

현준은 어깨를 으쓱했다.

"나야 모르지."

"형아, 제발 제 친구들 좀 찾아주세요."

아이들이 잡혀오고 굴이 무너졌다면…… 박용후는 현준이
몸을 날려서 구했다지만 다른 아이들은 이미 늦었을 가능성

이 매우 컸다.

"그래, 최선을 다해볼게."

하지만, 그걸 곧이곧대로 말할 수는 없었다. 아이가 받아들이기엔 너무 잔혹하다. 최소한 굴을 벗어날 때까지만이라도 숨겨야 했다.

"감사합니다, 형아."

"어디 아픈 곳은 없어?"

"네, 배가 조금 고픈 거 말고는 없는 거 같아요."

현준은 다행이라는 듯 고개를 끄덕였다.

'먹을 거……'

주머니를 뒤져 에너지 바 하나를 꺼냈다. 초콜릿 맛이 나는 직사각형 모양의 합성품이다. 처음 현상금 사냥꾼을 시작할 시기부터 식비를 절약하고자 꾸준히 먹어온 것이기에 어디를 가도 하나씩 들고 다니는 습관이 붙었다.

현준은 에너지 바를 절반으로 뚝! 떼어 아이에게 건넸다.

"자, 먹어라."

어느새 어둠에 적응이 되었는지 박용후가 에너지 바를 확인하곤 물었다.

"그래도 돼요?"

"내가 된다고 하는데 당연히 되지."

"감사합니다!"

고개를 꾹 숙인 박용후가 에너지 바 반쪽을 게걸스럽게 먹어치웠다.

　'어지간히 배가 고팠나 보네.'

　피식 웃은 현준이 남은 에너지 바 절반을 주머니에 도로 넣었다.

　'조금 쉬고 다시 시작해 보자.'

　벽에 기댄 현준이 스르르 눈을 감았다.

제5장

굴 안에서

"형아는 개조자예요?"

현준이 능력을 발휘하여 바위를 녹이는 걸 보고 박용후가 물었다.

"아니?"

"그런데 어떻게 불을 내뿜어요?"

"나도 몰라."

솔직하게 답했다. 불을 내뿜는 원리 같은 걸 현준이 알 리가 없었다.

다만, 이 불이 일반적인 불과는 다르다는 건 확실했다. 우선 공기가 필요 없었다. 우주에서 확인한 사실이었고, 굴 안에서 재차 확신할 수 있었다. 만약 공기가 필요했다면 진즉 산소부족으로 호흡곤란을 일으켰을 것이었다.

현준이 노린 대상만 태우는 게 가능했고, 반대로 노리지 않은 대상은 타지 않았다. 이쯤 되자 이걸 불이라고 해도 되는지 의문이 생겼다. 그냥 불의 모양을 한 어떠한 능력이라 보는 게 옳을 것 같았다.

"그런 게 어디 있어요?"

"원래 세상이 그런 거다."

"그런 세상 몰라요."

"크면 알게 될 거야."

어물쩍 넘어간 현준이 다시 손끝으로 불꽃을 내뿜었다. 힘으로 넘어가자니 바위가 너무 큰 것이다. 가운데 구멍을 뚫고 지나갈 필요가 있었다.

능력을 마구 사용할 순 없었다. 사용하면 할수록 배가 미친 듯이 고파진다. 엄청난 폭식을 전제로 사용하는 능력이었다.

"형아, 나갈 수 있을까요?"

박용후가 우울한 표정으로 물었다. 그럴 만했다. 여태껏 울지 않은 게 대단한 것이다.

"왜? 못 나갈 거 같아?"

"사실 그래요. 제가 나쁜 일을 많이 해서 벌 받나 봐요."

현준은 장난조로 말했다.

"그 말은, 나도 나쁜 놈이라는 건데?"

"형아는 저를 구하러 온 정의의 사자죠."

"말이라도 고맙다."

과분한 칭호에 현준이 코끝을 쓸었다.

"바깥에는요. 도깨비 탈이라는 사람이 있대요. 막 나쁜 놈
들을 때려잡는대요. 형아 같은 사람이겠죠?"

"형아 같은 사람이 아니라 형이야."

"하하하."

마른 웃음이다. 진실이 외면당하는 부조리한 현실이었다.
현준은 쓸쓸하다는 듯이 말했다.

"안 믿는 거니?"

"도깨비 탈은요. 도깨비보다 무섭게 생겨서 도깨비 탈이래
요. 형아는 멋있게 생겼잖아요."

"너…… 이 녀석, 사회생활 잘하겠다."

무시하지 못할 녀석이었다.

현준은 박용후의 머리를 마구 헝클었다.

그 상태에서 박용후가 웃었다.

"형아, 우리 조금만 더 힘내봐요."

"오냐. 형만 믿어라."

*　　*　　*

얼마의 시간이 지났을까.

탄다. 목이 탄다.

현준은 양손으로 목을 박박 긁었다. 굶주림은 참을 수 있지만 갈증은 도저히 참을 수가 없었다.

머리가 어지럽다. 세상이 빙빙 돈다.

시간의 흐름을 모르겠다.

그래도 삼사 일은 지났을 게 틀림없었다. 어쩌면 그 이상이 흘렀을 수도 있고…….

현준은 쉬지 않았다. 돌을 치우고 또 치웠다. 그러나 도저히 입구는 보일 생각을 하지 않았다.

박용후에게 나갈 수 있으리라 호언장담했지만 슬슬 버거워지고 있었다.

손톱 열 개는 이미 떨어진 지 오래다. 살 껍질이 벗겨지고 살이 움푹 파였다. 피가 줄줄 새어 감각도 무뎌졌다. 목을 긁어도 계속 간지럽기만 했다.

'물…….'

현준은 목을 긁는 행위를 멈췄다. 굴에 갇힌 첫날부터 격하게 움직인 탓에 슬슬 체력이 방전되고 있었다. 물이라도 마셨다면 더욱 오랜 기간을 버틸 수 있었겠지만 물 한 모금 입에 못 댄 상황이다.

엎친 데 덮친 격으로 자주 아랫배가 아파졌다. 먹은 게 없으니 묽은 변만 나왔다. 전형적인 탈수증세다.

옆에서 심심하지 않게 재잘거리던 아이도 어느 순간을 기점으로 말을 줄였다. 온종일 누워서 천장만 바라봤다. 에너지 바가 조금 남아 있긴 했지만 최후의 식량이니만큼 아껴야 산다.

"어디서 왔다고 그랬지? D지구?"

바위 위에 앉아 현준은 억지로 아이에게 말을 걸었다. 목이 갈라지듯 목소리가 새었지만 개의치 않았다.

자신보다 아이가 걱정되었다. 이대로 가만히 있다간 소리 없이 가느다란 숨소리를 멈출 것만 같았다. 현준은 정신력으로 버틸 수 있다지만 박용후는 이제 고작 아홉 살이지 않은가.

"미, 미르 보육원이요……."

박용후도 짜내듯 대답했다. 대답할 정신이 있는 걸로 보아 아직은 괜찮은 듯싶었다. 그래 봤자 시간문제라는 걸 안다. 그러나 끈을 놓기엔 일렀다.

"좋아하는 애 있어?"

"보육원 선생님께서…… 정말 예뻐요."

"오, 보육원 선생님이 예쁘단 말이지? 몇 살인데?"

"스물일곱이래요."

박용후의 입가에 미소가 지어졌다. 보육원 선생을 떠올리니 자연스럽게 지어진 것 같았다.

현준은 턱을 쓸었다.

"나보다 조금 많네."

"……눈독 들일 생각 마요. 제가 침 발랐어요."

현준의 눈빛이 음흉하게 빛났다.

"사랑은 쟁취하는 거다. 나중 일은 모르는 거야."

박용후가 지친 몸을 일으켜 세웠다.

"안 된다니까요?"

"왜? 이 형을 이길 자신이 없나?"

"그건 아니지만요."

"그럼 자신이 있다?"

박용후가 눈을 감고 곰곰이 생각해 보았다.

"10년만 더 있으면 자신 있어요."

지금 당장은 자신 없다는 말이다. 상당히 솔직한 녀석이었다.

현준은 피식 웃었다.

10년이라? 강산이 변할 시간이다.

"그때면 선생님 나이가 서른일곱일 텐데. 여자나이 서른일곱에도 결혼 못하면 처녀 귀신 된단다."

"제가 데리고 살 건데 나이가 무슨 상관이에요."

뜻밖에 로맨티시스트다.

하지만, 현준도 한 번 겪어본 일이었다. 이때의 남자아이는 교사를 좋아하는 일이 왕왕 있으니까.

"선생님 많이 보고 싶겠구나."

"네……."

박용후가 코를 훌쩍였다.

그러다가 고개를 내젓곤 질문을 돌렸다.

"형은요? 형은 좋아하는 사람 없어요?"

좋아하는 사람?

사랑하는 사람은 많다. 어머니, 아버지, 경주. 메시아도 몇 년 안에 포함될 가능성이 작지 않다.

하지만 이성으로선 아니다. 박용후가 물은 것은 이성으로서의 사랑이었다.

주변의 그나마 말을 나누는 여자라곤 아린이 전부였다.

아린.

확실히 얼굴은 예뻤다. 누구나의 이상형이라 해도 부족함이 없을 것이다. 성격은 다소 4차원이고, 귀여운 면도 없지 않아 있다지만 교감이 부족했다. 지금은 알아가는 시기였다.

애당초 여자와 친해질 시간이 어디 있었겠나. 이후엔 현준이 제법 잘나간다는 걸 깨닫고 다가온 여인이 없지는 않았으나 내키지 않았다.

'내 인간관계가 이리 협소했다니!'

현준도 놀랐다. 사람을 가려가며 사귀는 성격은 아니었을진대. 막상 떠올리니 떠오르는 사람이 없다.

미국에 있을 당시에만 하더라도 나름 인기 절정을 달리던 현준이었다. 누명을 뒤집어쓴 뒤로 모두 연락이 끊겼지만…… 아마 그래서일 것이다.

그 일로 인해서 사람을 조금 더 신중하게 사귀기 시작한 것 같다. 얇게 두루두루 사귀는 것보다 진득하게 한 명을 알아가자고.

무슨 일을 있어도 자신을 믿어주고 아껴줄 사람. 내가 무언가를 해줘도 전혀 아깝지 않은 사람. 그런 사람은 가족 외에 누나탁이 유일했다.

'잘 지내고 있겠지?'

연락할 수단이 없어서 아쉽다. 편지라도 한 통 보내고 싶지만 자신이 직접 가는 것 외엔 방법이 없다. 여유가 생기면 반드시 가서 고마움을 전하리라.

"형아?"

"생각 중이다."

"에이, 없나 보네요. 좋아하는 사람은 바로 떠오르는 사람이에요. 생각할 거 없이요."

"너 몇 살이랬지?"

"아홉 살이요."

현준은 뜨악하고 말았다. 박용후보다 거의 세 배를 살아온 현준도 모르는 그 사랑을 무척 쉽다는 듯이 정의하고 있었다.

"요즘 아홉 살은 다 너 같냐?"

"제가 좀 난 놈이긴 해요."

"카사노바 기질이 다분한 녀석일세."

얼굴도 귀염상인 게, 나이 좀 먹으면 여러 여자 울리고 다닐 것 같았다.

저 때의 현준은 말 그대로 코찔찔이였다. 철부지, 오줌싸개, 동생 울리는 기계. 딱 그 정도였다.

"카사노바가 뭐예요?"

"크면 알게 될 거다."

"지금 알면 안 되는 거예요?"

"지금 알면 안 된다기보단…… 그래, 여자를 많이 울리고 다니는 남자를 뜻하는 단어야."

박용후가 매우 진지하게 말했다.

"여자는 지켜줘야 할 존재예요. 제가 왜 울려요?"

아주 심금을 울린다. 울려.

여자였으면 조금은 마음이 움직였을 수도 있었겠다.

'무서운 녀석.'

현준은 쯧쯧 혀를 찼다.

"그 정신, 영원히 간직하길 바라마."

"물론이죠."

자신이 넘쳤다.

어쩐지 상상보다 더욱 대단한 괴물이 될 수도 있겠다는 생각이 들었다.

'떡잎부터 다르다는 게 이런 건가.'

그 미래의 괴물을 보기 위해 현준은 다시 움직였다.

박용후가 쓰러지지 않도록 나눈 대화인데, 반대로 힘을 얻은 것 같았다. 이래서 웃음이 중요하다.

마찬가지로 박용후 역시 앉아만 있지 않았다.

"형아, 제가 도울 거 없어요?"

"그 선생님 좀 소개해 줄래?"

그러자 박용후가 진지하게 고민했다.

"원래는 안 되지만…… 나가면 생각해 볼게요."

"진짜?"

"저는 거짓말 안 해요."

"좋아. 잊지 마라. 소개해 주는 거다!"

우스갯소리였으나 왠지 모르게 힘이 불끈 솟았다.

박용후가 힘없이 웃어 보였다.

"나가면요."

남은 에너지 바. 손가락 마디 하나만큼 남은 그것을 박용후에게 건넸다. 먹고 싶은 마음은 굴뚝같았으나 현준은 어른이었고 조금 더 버틸 수 있었다. 그러나 박용후는 이제 한계에 다다른 것 같았다.

먹을 건 둘째치고 물이 필요하다. 수분이 함유된 음식이라도 괜찮다. 그러나 있는 거라곤 돌덩이뿐인 이곳에 그런 게 있을 리가 없었다.

간혹 돌덩이를 치우다가 정신 줄을 놓는 일이 잦아졌다. 머리를 바위에 부딪치고 깨어나길 반복했다. 신체가 튼튼하지 않았다면 진즉 머리뼈가 박살 나지 않았을까 싶을 정도였다.

"음……."

잠시 눈을 붙이고자 누워 있던 현준의 얼굴 위로 무언가가 지나갔다. 현준은 반 본능적으로 얼굴 위를 지나가던 무언가를 낚아챘다.

'뭐지?'

손에 잡힌 게 계속해서 꿈틀댄다. 현준은 눈을 뜨고 대상을 확인했다.

'지네잖아.'

다리가 여러 개인 지네가 현준의 손에 붙잡혀 꿈틀대고 있었다. 습기가 많은 산지나 바위 아래에 산다고 전해지는 8㎝ 남짓

길이의 돌지네였다.

현준은 침을 꿀꺽 삼켰다.

'돌지네잖아. 이거면 먹어도 될 거야.'

평소라면 혐오스럽다며 꺼릴 벌레가 지금은 구원의 양식이 되었다. 중요한 단백질 공급원이 될 것임은 분명했다.

보통의 지네는 독샘이 있어서 독을 제거하고 먹어야 하지만 돌지네는 독이 매우 약하다. 피를 통해 퍼지는 종류의 독도 아닌지라 먹어도 해가 되진 않을 터였다.

눈을 꾹 감은 현준이 지네 절반을 입안에 삼켰다.

아그작! 아그작!

억지로 씹었다. 씹다 보니 단맛이 났다. 그간 먹은 게 없어서 무엇이라도 맛있게 받아들일 준비가 되어 있는 듯싶었다.

현준은 남은 지네를 마저 입안에 털어 넣었다. 그리고 잘게 씹어 뱉었다.

'조금만 더 견뎌라.'

박용후는 미약한 숨만 고르고 있었다. 아홉 살 아이가 지금껏 버틴 게 대단한 것이다.

"박용후, 정신이 들어?"

현준은 박용후를 흔들어 깨웠다. 박용후는 대답 대신 검지를 꿈틀거렸다.

대답할 기력조차 없는 것 같았다. 이런 상태에서 무언가를 씹어 삼킬 수 있을 리가 없었다.

입을 통해 건네는 수밖에는 없을 듯했다. 씹는 걸 도와야 했다.

'하는 수 없지.'

현준은 쓰게 한숨을 내뱉었다.

인명이 먼저다.

바위를 치우고 굴을 조금 더 파내자 어쩐지 눈에 익은 사람을 발견할 수 있었다.

'블랙 스타!'

그가 바닥에 쓰러져 있었다. 큰 바위가 오른쪽 다리를 억누른 상황이었다.

현준은 급히 다가가서 블랙 스타의 목에 손가락을 댔다.

'살아 있어.'

맥이 뛰고 있다. 현준은 급히 블랙 스타의 코에 얼굴을 가져갔다.

숨도 쉬고 있었다. 살아 있는 것이다.

현준은 블랙 스타의 오른쪽 다리를 짓누른 바위를 치워냈다. 다행히 다리에 큰 상처는 없었다.

"끅……."

돌연 블랙 스타의 입이 열렸다.

"이봐요. 정신이 들어요?"

"하아, 하아."

"숨쉬기 힘들어요?"

대답이 없었다. 정신을 차린 건 아닌 듯했다.

현준은 블랙 스타의 가슴으로 눈길을 돌렸다. 타이즈와 비슷한 재질의 조이는 옷을 입었으니 숨이 막힐 수밖에 없었다.

블랙 스타가 입은 옷을 벗겼다. 하얀 속살이 드러났는데 남자치곤 지나치게 하얗다.

특히 가슴 쪽에 두른 붕대가 눈에 띄었다.

이 붕대가 호흡곤란을 일으키는 원인인 것 같았다.

붕대마저 풀어냈다. 그와 동시에 현준은 눈을 동그랗게 뜰 수밖에 없었다.

'……여자?'

잘못 본 건가 싶어서 눈을 비볐다.

블랙 스타는 남자라고 들었다. 겉모습은 두말할 것도 없이 남자였기에 현준도 철석같이 믿었다. 하지만 지금 눈앞에 내비친 광경은 현준에게 거대한 충격을 주기에 부족함이 없었다.

봉긋한 두 개의 둔덕. 가슴 나온 남자가 없진 않지만 마른 몸에서는 드물다.

현준은 식은땀을 삐질 흘리며 자신이 입은 옷을 벗어 대충 블랙 스타의 몸 위에 얹었다. 어쨌거나 숨이 막히는 상태에서 다시 조이는 옷을 입힐 수는 없는 노릇이었다.

블랙 스타의 상반신에서 눈을 돌려 다리 쪽을 바라본 현준은 고개를 갸웃했다.

'가만. 양쪽 다리의 색깔이 달라.'

오랜 시간 바위 아래에 깔렸던 탓일까?

한쪽 다리가 유난히도 희었다. 피가 통하지 않고 있다는 방증이었다.

현준은 눈살을 찌푸렸다. 북극에서도 몇 차례 본 광경이다. 사냥하다 보면 잠복하는 일이 잦아지고, 그러다 보면 다리가 어는 일이 발생한다. 사냥꾼들은 일부러 다리에 상처를 내거나 다리를 주물러서 피가 통하게 하곤 했다.

상처를 내면 자연스럽게 피가 몰리기 때문이다. 주무르는 것도 마찬가지였다. 열을 가하고 피가 원활히 통하도록 하기 위함이었다.

가만히 내버려 둘 수 없었다. 이대로 계속해서 피가 몰리지 않으면 돌이킬 수 없는 상황이 벌어질 수도 있었다.

'어쩔 수 없지.'

이대로 죽어가는 걸 내버려 둘 순 없었다. 블랙 스타가 여자라는 건 의외지만 같은 현상금 사냥꾼의 입장이었다. 동종업자가 눈앞에서 죽어가는 걸 방치할 정도로 현준은 매정하진 않았다.

게다가 한차례 블랙 스타가 뚫어놓은 길을 프리패스로 지나간 빚이 있지 않던가. 적자생존, 무한경쟁이라지만 지금과 같은 상황에선 괜히 미안해지는 법이었다. 만약 죽는다면 앞으로도 쭉 찝찝할 것임이 분명했다.

"당신을 살리기 위해서입니다. 다른 뜻은 없어요."

현준은 손을 옮겨 열심히 블랙 스타의 다리를 주무르기 시작했다.

현준은 앞길이 막막해짐을 느꼈다.

짐이 두 개 생겼다.

탈진한 박용후와 기절한 블랙 스타.

둘은 가만히 눈을 감은 채 현준에게 자신의 존재감을 알리고 있었다.

"내가 전생에 무슨 잘못을 저질렀다고……."

허탈하게 한숨을 내쉬었다. 이 둘을 끌고 바깥으로 탈출하려거든 어지간한 정신력으로는 부족할 듯싶었다. 그야말로 강철과 같은 의지가 필요한 순간이었다.

그래도 다행이라면 블랙 스타의 품에서 수통을 발견했다는 정도다.

'사막에서 오아시스를 찾은 기분이 이런 거겠지.'

수통 안엔 물이 절반쯤 차 있었다. 물을 발견하고 현준은 저도 모르게 '유레카!'를 외쳤다. 물만 있으면 며칠은 더 버틸 수 있다. 세 명이 나누기엔 적었지만 있는 것과 없는 것의 차이는 하늘과 땅만큼 났다.

덕분에 박용후의 상태는 상당히 호전되었다. 미약하기 그지없던 맥박이 정상으로 돌아오고 혈색도 나름 붉은색을 띠었다. 큰 상처에 손가락만 한 반창고 하나 덧댄 격이지만 이게 어딘가.

'문제는 블랙 스타야.'

전문적인 의학지식이 없어서 더욱 혼란스럽다. 박용후와 달리 상태가 진전되고 있다는 뚜렷한 반응이 없었다. 다리는 거의 원래대로 돌아왔다지만 몸 전체가 정상인지에 대해선 자신이 없었다.

현준은 블랙 스타의 머리를 살짝 들었다. 이어 무릎 위에 머리를 눕힌 다음 입가에 물을 흘렸다.

물이 제대로 기도를 통해 넘어간 것을 확인한 현준은 쉬지 않고 블랙 스타의 다리를 주물렀다. 확실하지 않을 땐 꾸준히 해주는 게 좋다는 걸 경험을 통해 알고 있었다.

'내가 주무르는 건 부드러운 통나무다. 부드러운 통나무다……'

그러나 제대로 혈액이 순환되려면 못해도 30분은 주무르고 있어야 한다. 건장한 청년인 현준으로선 죽을 맛이었다. 이성은 아니라고 말하지만, 수컷으로서의 본능이었다. 블랙스타가 여자라는 걸 확인한 시점에서 예견된 상황일지도 모른다.

어두운 굴 안. 생존의 확신이 없으니 본능이 더욱 크게 고개를 들었다. 현준은 부처가 되자는 심정으로 반야심경을 외웠다.

"마하반야바라밀다심경 관자재보살 행심반야바라밀다시 조견오온개공……."

번뇌를 이기려는 몸부림이다. 딱히 불교는 아니지만 관심이 생겨서 대학생 시절에 공부한 적이 있었다. 반야심경의 정확한 명칭은 마하반야바라밀다심경(摩訶般若波羅蜜多心經)인데, 지혜의 빛에 의해서 열반의 완성된 경지에 이르는 마음의 경전이란 뜻이다.

수백 년 동안 이어진 마음의 경전이라는 게 자못 궁금하여 머릿속에 담은 것이다.

궁극적인 목표인 깨달음은 얻지 못했지만 마음의 안정을 가져다주는 효과는 있는 것 같았다. 이게 플라세보 효과에 의한 심리적 효과인지, 아니면 정말 반야심경 자체에 이런 효능이 담긴 것인지는 굳이 따지지 않기로 하였다.

'이 아가씨야. 빨리 일어나라고.'

현준은 울상을 지었다. 고문 아닌 고문이었다.

*　　　*　　　*

사실 블랙 스타의 정신은 온전했다. 간혹 정신을 잃기는 했
으나 아주 기절한 것은 아니었다. 단지 몸이 말을 듣지 않을
따름이었다.

'안이했어.'

돌연 굴이 무너져 내렸다. 순간적으로 공간을 찾아내어 몸
을 숨길 수는 있었지만 다리가 바위에 깔리고 말았다. 게다가
그 충격으로 몸과 정신이 분리되었다. 워낙 급하게 몸을 날리
다가 벌어진 일이다.

정신은 멀쩡하지만, 몸이 움직이질 않았다.

이쯤 되자 블랙 스타도 암울한 생각이 들 수밖에 없었다.

이대로 시간이 지나면 자연스럽게 말라죽으리라.

누군가가 구조해 주기를 바라는 것은 사치였다. 깊고 넓은
굴. 이 안을 다 뒤지려면 삼 개월 이상은 족히 필요하다. 그
시간 동안 몸이 견딜 수 있을 리가 없었다.

블랙 스타는 겸허히 죽음을 받아들였다. 당장 죽지는 않더
라도 시간문제였다.

그런데 지척에서 누군가의 발걸음 소리가 들렸다.

눈조차 떠지지 않아서 상대를 확인할 수 없다는 게 분통하지만 블랙 스타는 발버둥 쳤다.

아무런 희망이 없을 때에야 겸허한 것이지 지금은 상황이 달랐다.

그 결과, 입을 여는 데 성공했다.

"끅……."

"이봐요. 정신이 들어요?"

모르는 남자의 목소리다. 적은 아닌 듯싶었다.

"하아, 하아."

"숨쉬기 힘들어요?"

제길. 말이 안 나온다.

한계다. 몸이 멋대로 입을 닫아버렸다.

하지만 몸이 움직이지 않을 뿐이지 감각은 전부 느껴졌다.

남자가 옷을 벗겼다. 옷이 살결을 스치고 지나갔으니 틀림없었다.

멈춰!

블랙 스타가 외쳤다. 퍼지지 않는 공허한 외침이었지만.

이어서 남자는 붕대도 벗겨 냈다.

망했다. 붕대를 벗긴 남자가 움직이지 않는다. 이대로 남자가 나쁜 마음이라도 먹으면 속수무책으로 당할 수밖에 없었다.

손끝 하나라도 댔다간 죽여 버릴 거야.

그런데 남자가 갑자기 발을 주무르기 시작했다.

"당신을 살리기 위해서입니다. 다른 뜻은 없어요."

남자가 다리를 주무를수록 미약하지 그지없던 감각이 살아나고 있었다.

뭐하는 놈이지?

의아함이 들었다. 보통의 남자는 무방비한 여자를 보면 먼저 덮치고 보는 게 정상이다. 여자로서의 매력이 없다고 생각하지도 않았다.

그야, 다행이긴 하지만 이 묘한 감정은 설명하기 어려웠다.

남자는 지극정성이었다. 손길에서 자상함이 느껴졌다. 조심스럽게 고개를 잡아 물을 마시게 해주고 하루에 몇 차례 다리를 주물러서 감각이 살아날 수 있도록 도와주었다.

봐줄까? 흑심은 없어 보였다. 남자가 동종업계의 종사자만 아니라면 봐줘도 괜찮겠다는 생각이 들었다. 자신이 블랙 스타인 것만 모르면 됐다.

"마하반야바라밀다심경 관자재보살 행심반야바라밀다시 조견오온개공……."

얼마나 시간이 지났을까.

남자가 돌연 이상한 말을 중얼거리며 다리를 주물렀다.

머지않아 남자가 중얼거린 게 반야심경이라는 걸 깨달았

지만 그 순간만큼은 당황할 수밖에 없었다. 아무래도 부처님을 믿는 사람인 것 같았다.

극한의 상황. 본의는 아니었다지만 매일같이 살을 맞대다 보면 없던 정도 생기게 마련이었다. 하물며 허튼수작을 부린 것도 아니고 자신의 생명을 구한 사람이었다.

상대를 확인하고 싶다는 마음에 블랙 스타는 있는 힘껏 눈을 떴다. 수천, 수만 번 도전한 끝에 겨우 성공할 수 있었다.

그리고 상대를 확인한 블랙 스타는 경악했다.

'이, 이놈은.'

자상한 남자라고 여겼건만.

하필이면 새치기한 그놈이었다니!

눈을 뜨자 연쇄작용처럼 조금씩 몸을 움직일 수 있게 되었다.

마침내 정상으로 되돌아온 그녀가 가장 먼저 취한 행동은 공격이었다.

'무기가 없어!'

아니, 공격적인 행동을 취하려 했지만 무기가 없었다. 옷이 바뀌며 무기도 전부 떼어낸 모양이었다.

자리에서 일어난 그녀를 향해 현준이 물었다.

"이제 좀 괜찮아요?"

"내 무기 어디 갔어?"

"무기는 왜요?"

"너…… 의도가 뭐야?"

"아직도 열이 있나?"

현준은 고개를 갸웃하며 자연스럽게 그녀의 이마에 손을 얹었다.

블랙 스타가 깜짝 놀라서 멀어졌다.

"너, 너, 뭐하는 거야!"

"아, 미안합니다."

이게 정상적인 반응일 것이었다. 기절한 상태로만 대해서 그만 잊고 있었다.

"그래도 일어나서 다행입니다. 처음에는 진짜 죽는 줄 알았어요. 하긴, 천하의 블랙 스타가 그대로 죽으면 안 되죠."

"난…… 블랙 스타가 아니야."

현준은 다시 고개를 갸웃했다.

"아직도 열이 있나?"

"열 없어!"

"아무튼, 진정하고 쉬어요. 흥분하면 나을 것도 안 낫습니다."

블랙 스타가 입술을 깨물었다. 진짜 블랙 스타가 아니지만, 자신이 블랙 스타라고 상대가 알고 있는 이상 죽여서 입막음

할 생각이었다. 그러나 이미 기회는 물 건너갔다. 지금 해명하지 않으면 이대로 굳혀질 수밖에 없었다.

"블랙 스타는 우리 오빠야."

현준은 눈을 깜빡였다.

열은 없어 보였고, 저 말은 사실일 것이었다.

어쩐지. 이상하다 싶었다. 진짜 블랙 스타가 겨우 오천만 원 현상범을 잡으러 직접 왕래할 리가 없었다. 다른 깊은 속 사정이 있는 줄 알았으나 애당초 블랙 스타가 아니라면 이해가 되었다.

"그럼 여동생이라는?"

"맞아."

"잠깐만. 몇 살?"

"몰라도 돼. 그리고 말 놔도 돼."

블랙 스타가 오래전부터 행동했다기에 '엄청난 동안이구나'라며 말을 높였다. 가면을 벗기자 여인이라기보다 소녀라 부르는 게 정상일 것 같은 얼굴이 드러난 것이다.

아무리 생각해도 소녀가 맞다. 거기다가 본인이 직접 말을 놔도 된다 하였으니 주저할 필요는 없었다.

"여동생이 블랙 스타 행세는 왜 하는 거야?"

"……블랙 스타가 건재하다는 걸 세상에 알려야 하니까."

"이유가 있다는 거로군. 알았어. 그 이야기는 나중에 듣지."

"지금 들어. 들어야만 해. 안 그러면 나는 너를 죽일 수밖에 없어."

현준은 고개를 저었다.

"다리가 흔들리잖아. 애써 괜찮은 척해도 소용없어. 말하는 거 힘들지? 날 죽이려면 일단 안정을 취해. 지금 상태로는 개미 한 마리 못 잡겠다."

"내가 진짜가 아니라서 무시하는 거야? 죽인다니까!"

"알았다니까."

현준은 어깨를 으쓱했다.

진이 다 빠진 상태에서 하는 협박이 제대로 먹혀들 리 없었다.

진짜 블랙 스타가 와서 말한대도 현준은 꼼짝하지 않을 것이었다. 진짜도 아님에야 겁을 먹을 리가.

"두, 두고 봐……."

다리의 떨림이 멎고 소녀가 스르르 쓰러졌다. 체력이 방전된 듯싶었다.

쯧쯧.

소녀가 완전히 쓰러지기 직전에 받아낸 현준이 혀를 찼다.

'이럴 줄 알았다.'

정신을 차렸다고 바로 움직이는 건 무리다.

아직 간호가 더 필요할 것 같았다.

소녀는 자신을 이가은이라 소개했다.

"혹시 각 구역을 뒤에서 지배하는 자들이 누구인지 알아?"

정신을 차린 이가은은 자신이 블랙 스타의 행세를 할 수밖에 없었던 이유를 설명하기 시작했다. 이야기를 듣고 확실하게 구분 짓지 않으면 현준을 적대시할 수밖에 없다며 입을 연 것이다.

'무리 안 하는 게 좋을 텐데.'

현준은 내심 고개를 저었다. 저 고집으로 보건대 말려도 듣지 않을 것 같았다. 믿어 달라 하면 믿어주지 않을 만큼 박한 사람은 아니었지만 확신을 원하는 듯하니 잠자코 들어줄 수밖에 없었다.

"흐르는 소문으로밖에 들어본 적 없군."

그런 이들이 있다, 있었다, 수준이다. 엄청난 현상금이 걸려 있다는 정도였다. 그 이상은 현준도 아는 게 없었다.

"맞아. 소문만 무성하지. 하지만 각 길드의 마스터들은 그들의 존재를 확실하게 알고 있어."

"진짜 실존한단 말인가?"

"아는 사람들은 그들을 어둠의 조정자라고 불러."

어둠의 조정자.

각 구역을 뒤에서 조정하는 이들이라 그렇게 부르는 듯싶었다.

이가은은 이어서 말했다.

"블랙 스타…… 우리 오빠는 푸른 양 길드의 마스터에게 F구역의 조정자를 처리하란 밀명을 받았어. 오빠는 자신 있게 수락했지. 푸른 양 길드 내에서도 확고한 지지층을 다졌고, 바깥에서도 웬만한 유명인 부럽지 않았으니까. 실력으로 제압하겠다면서……."

이가은의 표정이 침울해졌다.

"가족인 나 외에는 아무도 모르게 진행된 임무였어. 오빠는 누구의 도움도 없이 혼자서 어둠의 조정자를 잡으러 나갔어. 그리고 식물인간이 돼서 돌아왔지."

벌써 5년이다.

그간 깨어나지 못했다면 이미 반쯤 죽은 것과 다를 게 없었다.

현준은 대답하지 않고서 가만히 이가은을 쳐다보았다. 그 시선을 아랑곳하지 않고 이가은은 목소리를 조금 더 높였다.

"무슨 일이 벌어졌는지 나는 몰라. 그런데 푸른 양의 길드 마스터는 오빠를 외면했어. 내가 말해도 믿어주는 사람도 없었고. 어둠의 조정자를 혼자 처리한다는 건 사실 말이 안 되는 일이잖아? 그게 설령 블랙 스타라고 하더라도 말이야."

이가은이 주먹을 불끈 쥐었다.

"하지만…… 오빠가 나한테 거짓말을 했을 리가 없어. 푸른 양의 길드 마스터가 오빠를 꼬드긴 거야. 푸른 양의 길드 마스터는 오빠를 눈엣가시로 여겼으니까."

"유명인이 길드에 있는 건 좋은 거 아닌가?"

길드의 입지적인 측면에서 보자면 유명인은 많을수록 좋았다.

"푸른 양은 길드 마스터를 6년에 한 번씩 투표로 정해. 5년 전은 바로 그 투표가 있는 해였어."

"민주적이네."

"꼭 그렇지만도 않아. 대신 온갖 더러운 암투가 비밀리에 행해지지. 오빠는 그걸 신물 나게 싫어했어. 실력을 높이고 나쁜 놈들을 잡는 일에 더욱 큰 보람을 느끼는 사람이었으니까."

현준은 턱을 쓸었다. 안 봐도 왠지 알 것 같았다. 블랙 스타라는 인물에 대해서 말이다.

"어쨌거나…… 블랙 스타는 잊혀 갔어. 오빠는 차가운 침대 위에만 누워 있는 신세가 됐지. 나는 분했어. 오빠는, 블랙 스타는 그렇게 허무하게 저버려서는 안 되는 사람이야. 그래서 나는 지난 5년간 블랙 스타의 기술을 연마했어. 블랙 스타가 건재하다는 걸 세상에 알리려면 그 방법밖엔 없다고 생각해서."

5년.

짧다면 짧고, 길다면 긴 시간이다.

하나 그 시간 동안 무언가를 이루고자 한다면 충분히 이룰 수 있는 시간이었다.

"그래, 블랙 스타가 잠적을 선언한 게 어둠의 조정자를 잡다가 식물인간이 되어서라는 건 잘 알았어. 네가 그의 동생이라는 것도 믿을 수 있을 거 같아. 만에 하나라도 내가 누군가에게 말할 일은 없을 테니 안심해."

그래도 어둠의 조정자에 대한 정보를 얻었다. 마냥 무익한 시간은 아니었다.

"이제 그쪽 차례야."

"무슨 차례?"

현준이 고개를 갸웃하자 이가은이 진지한 얼굴로 말했다.

"나는 서로만 아는 비밀만큼 신뢰를 굳건하게 하는 건 없다고 생각해. 내 비밀을 털어놨으니까 그쪽의 비밀도 한 가지 털어놔야 하지 않겠어?"

현준은 살짝 눈썹을 찌푸렸다.

듣고 싶어서 들은 건 아니지만, 그편이 안심할 수 있다는 뜻이다.

표정으로 보아하니 말해주지 않으면 칼부림이라도 일어날 태세다.

'비밀. 비밀이라.'

현준은 자신에게 비밀이라 할 수 있는 것을 떠올려 보았다.

우선 도깨비 탈이다. 박용후는 재밌는 농담이라며 믿지 않았으나 그것은 어린아이가 동경한 대상이 현준일 리 없다는 반발심의 발로다. 이가은이라면 더욱 자세히 파고들 테고 곧 진실에 다다를 수 있을 것이었다.

이내 현준은 입꼬리를 말아 올렸다.

"나는 초능력자야."

화염을 몸에서 방사하는 능력.

개조자가 판을 치는 세상에서 이 한 가지를 알려준다고 도깨비 탈의 정체가 탄로 나진 않을 터였다.

이가은이 이맛살을 구겼다.

"세상에 그런 게 어디 있어?"

······게다가 믿을 리도 없었고.

고진감래.

고생 끝에 낙이 온다는 뜻의 사자성어로 언젠가 찾아올 밝은 미래를 위해 개처럼 노력하라는 현인들의 지혜가 담겨 있는 문구였다.

말하자면 희망고문이다. 저 '언젠가 찾아올 밝은 미래'는 죽어서 찾아올 가능성도 있었다. 차라리 죽는 게 행복인 경우도 없지 않을 것이었다.

지금 현준의 경우가 그랬다. 수통에 있는 물은 금세 바닥났다. 가뜩이나 몸이 좋지 않던 이가은은 툭하면 기절하기 일쑤였다. 박용후도 마찬가지였다. 커다란 짐덩이 두 개를 떠안고 움직이는 일은 어지간한 초인도 힘겨울 것이었다.

'저 수통을 찾은 게 언젠가 찾아올 밝은 미래였던 건 아닐까?'

갑자기 든 생각이다.

흥이 다하면 슬픔이 찾아온다 하지 않았는가.

고진감래와는 정반대의 말이다. 물론 슬픔이 찾아오면 다시 낙이 온다. 무한한 순환이다. 하지만 과연 이번 고비를 넘길 수 있을는지가 의문이었다.

현준도 방전되기 직전이었다. 이가은이나 박용후의 상태보다 더하면 더했지 절대 덜하지는 않았다. 간혹 환청이나 환각마저 보일 지경이다.

'자면 죽는다.'

감기가 오기 바로 직전의 느낌. 그 느낌이 든 채 잠을 자면 일어나서 몸이 아프고 감기가 든다. 지금 현준의 몸이 그와 같았다. 자고 일어나면 움직이지 못하리란 강렬한 기시감이 전신을 지배하고 있었다.

자신이 움직이지 못하면 남은 두 명이 죽는다. 지금 이곳에서 유일한 희망은 현준이었다. 현준이 무너지는 순간 둘은 보란 듯이 무너져 내릴 것이었다.

그걸 뻔히 아는데, 잘 수 있을 리가 없다. 현준은 눈을 부릅뜨고서 작업에 매진했다.

후퇴할 곳이 없으니 집중은 잘됐다. 시간이 지날수록 신체의 통증도 사라졌다. 기계적으로 길을 파내기 시작했다. 무아지경(無我之境)에 빠져든 것이다.

무아지경에 빠진 직후 현준은 놀라운 경험을 겪었다. 몸은 움직이지만 정신은 무언가를 계속해서 되뇌는 것이다.

'오온이 공(空)함을 알고 이 모든 고통에서 벗어났다. 보이는 것은 공과 같고 공 또한 보이는 것과 같으니, 보이는 현상이 공허하며, 헛된 것이 곧 보이는 현상이라. 모두 다 공허하노라.'

그러자 본질적인 것들이 보이기 시작했다. 겉에 의존하지 않는 생명 자체와 직결된 그것이.

현준의 몸을 타고 불길이 조금씩 일었다. 불길은 온화하게 현준을 감싸고 돌더니 굴 안에 퍼졌다. 이어 이가은과 박용후의 신체도 은은하게 안았다.

세 명 모두 죽었던 혈색이 살아났다. 홍조를 띠며 심장이 강하게 요동쳤다.

곧 현준의 머릿속을 강하게 치고 들어오는 한줄기 목소리가 있었다.

—너는 시작과 끝이다.

어디선가 들어본 목소리다. 북극에서 각성했을 때 현준을 자극하던 그 목소리가 분명했다.

시작과 끝.

현준이 갖춘 능력의 실체였다.

'이상한 기분이군.'

아직 자세하게는 모르겠지만…… 한 꺼풀 벗어낸 기분이 들었다.

"으음……."

이가은과 박용후가 동시에 신음을 흘렸다. 몸이 회복되는 묘한 느낌에 자연스럽게 나온 것이다. 머지않아 둘은 눈을 떴다.

기지개를 켜고, 하품을 길게 늘어뜨렸다. 언제 쓰러졌느냐는 듯 매우 정상적인 몸짓이다.

그것을 깨닫기까지 오랜 시간이 걸리지 않았다. 어느새 가부좌를 틀고 앉아 있는 현준을 향해 둘은 눈을 깜빡였다.

"형아, 몸이 엄청 가벼워요."

박용후가 자기 몸을 전체적으로 훑으며 입을 크게 벌렸다. 아팠던 곳을 만져보고 환하게 미소 지으며 주변을 방방 뛰어다녔다.

"와! 하나도 안 아파요."

이가은도 놀라기는 매한가지였다.

불가능한 일이었다. 몸이 굴에 들어오기 전보다 회복되어 있었다. 힘이 넘친다는 게 이런 것일 테다.

그저 먹을 걸 섭취한 걸로는 한참 부족하다. 현준이 무언가 수작을 부린 거라고밖엔 생각되지 않았다.

"나, 나한테 무슨 짓을 한 거야?"

현준은 가부좌를 풀고 자리에서 그저 가만히 웃어 보일 따름이었다.

한 가지 확실한 게 있다.

개안(開眼)했다는 것.

평상시에는 보이지 않던 것들이 보였다.

힘의 원천, 그릇.

비우면 채울 수 있고, 다른 사람에게도 영향을 끼치는 게 가능했다.

주변에 흐르는 맥(脈)의 힘을 빌려 사용하는 능력. 그렇게 정의했다.

현준이 마음먹은 바에 따라서 불꽃은 어느 무엇보다 흉포해질 수도 있었다. 반대로 어느 무엇보다 따듯해질 수도 있었다.

왜 돌연 이런 깨달음을 얻게 된 걸까.

그리고 이 능력의 끝은 어디일까.

현준은 생각하지 않을 수 없었다.

생명이 경각에 이르자 생존을 위해 진화했다는 설이 가장 먼저 떠올랐다.

그저 죽이기밖에 못했던 불꽃이 살리는 것도 가능해진 이유는 그 외엔 없어 보였다.

시험 삼아 죽은 벌레에게 힘을 불어넣어 보았다.

효과는 없었다.

이로 보건대 죽은 것을 살리지는 못하는 듯싶었다.

한계가 있다는 거다. 그래도 굉장히 사기적인 능력임은 틀림없었다.

죽지만 않으면 먹지도, 마시지 않아도 버틸 수 있게 해준다는 거니까.

차마 얼마나 버틸 수 있는가에 대해선 실험을 하지 못했다.

'위험부담이 너무 크지.'

천년만년 굴 안에 갇혀 있다면 싫어도 해볼 수밖에 없을 테지만…… 현준은 느꼈다.

반대편에서 무언가가 진동하는 느낌을 말이다.

누군가가 굴을 파면서 들어오고 있었다.

살 수 있다!

희망이 생겼다.

개안한 뒤 현준의 분위기가 달라졌다고 박용후와 이가은은 말했다. 반대편의 누군가를 알아챈 후 현준이 항상 미소를 짓고 있자 둘은 '우리 몰래 뭘 잘못 먹었나?' 라며 우스갯소리를 늘어놓았다.

아직 말하진 않았다. 확실하진 않기 때문이다. 들어오는 누군가가 돌연히 멈추거나 다른 곳으로 이동할 가능성이 없지 않았다.

희망고문만큼 힘든 것도 없는 법이다. 새로운 능력을 깨닫고 체력이 붙기 시작하면서 마음의 여유가 생겼으니 급할 필요는 없었다.

그렇게 며칠이 더 흘렀을까.

쿵!

그 누군가가 지척에 도달했다.

현준은 침을 꿀꺽 삼켰다.

이제 나갈 수 있다.

누군가가 들어왔다는 건 길이 쭉 이어져 있다는 방증이었으므로.

쿠쿠쿠쿵! 쿵!

이어 마지막 돌이 치워졌다.

반대편에서, 그 누군가가 동시에 손을 내밀었다.

현준은 손을 잡지 않았다. 할 말도 잃었다. 멍하니 그 누군
가만을 바라봤다.

"안 나오고 뭐해?"

한쪽 어깨 위에 대단히 무거워 보이는 드릴을 얹고서 누군
가가 말했다.

"네가 왜 여기에?"

"산책?"

현준은 피식 웃고 말았다.

이런 생뚱맞은 대답을 할 사람.

현준이 아는 한도 내에선 한 사람밖에 없다.

아린. 바로 그녀다.

"굴을 파면서 하는 산책도 있나 보다."

"이색경험."

"너, 잠깐 그대로 있어 봐."

"……?"

아린이 고개를 갸웃했다.

와락!

현준은 그런 아린에게 다가가 그녀를 꽉 껴안았다.

그러자 아린이 인상을 찌푸렸다.

"냄새나."

"참아."

어쩔 수 없다. 옷도 못 갈아입고, 샤워도 못했으니까.

그렇다고 물러날 생각 역시 없었다. 만에 하나 성희롱으로 고소를 당하더라도 감수할 것이다.

무뚝뚝하기 그지없는 표정이 지금은 어쩜 이리도 예뻐 보이는지!

'반갑다, 녀석아.'

현준은 한참이나 그 자세를 유지했다.

제6장

파트너

오래간만에 맡아본 바깥공기는 그야말로 자연산 로열젤리나 마찬가지였다. 달콤하기 그지없었다.

폐부 깊숙한 곳까지 공기를 빨아들이며 현준은 박용후와 이가은을 병원으로 이송했다. 기운을 채워 넣었다 한들 만에 하나라는 게 있을 수도 있는 것이다.

물론 현준은 별개였다. 자신의 몸이 정상이라는 걸 확신했다. 게다가 검사 도중 신체의 특이한 점이 발견되면 문제를 일으킬 가능성이 없지 않았다.

만사 불여튼튼이라지 않는가.

병원에서 진단을 받은 이가은과 박용후는 둘 다 아무런 이상이 없단 결과가 나왔다. 다행스러운 일이었다.

"넌 어떻게 알고 온 거야?"

병원 앞.

나란히 선 아린에게 현준이 물었다.

그러자 아린은 별거 아니라는 듯이 답했다.

"메시아라는 사람이 전화했어."

"메시아가?"

"응."

하긴 메시아라면 현준의 휴대전화 목록을 따오는 정도야 간단할 것이었다. 신호가 끊긴 즉시 메시아가 아린에게 구조 요청을 한 모양이었다.

'자식, 이러니저러니 해도 서포트 하나는 확실하구나.'

평소 오만불손한 말투나 현준의 어두운 역사를 까발리는 신랄함을 보였지만 필요할 땐 확실하게 도움을 주는 녀석이었다. 아린의 구조가 없었다면 며칠은 더 굴속에 걸혀 지냈을 것이다.

'그나저나 10일이나 흘렀다니.'

굴속에서 지낸 시간이다. 사실 10일이 지났다는 말을 듣고 '고작 10일?'이란 생각이 들지 않은 건 아니다. 하지만 보름간 진행되는 전쟁에서 10일은 상당한 시간의 경과를 의

미했다.

남은 일수는 고작 5일.

국가지정의 남은 범죄자 수는 얼마 없었다. 미치광이 과학자처럼 죄다 잡기 까다로운 놈들뿐이었다.

"미안하다. 나 때문에 시간 꽤 잡아먹었지?"

"상관없어. ……수련이 조금 더 힘들어질 뿐."

가시가 있는 말이었다. 아린의 표정도 살짝 어두워졌다.

안 그래도 수련을 피해 도망친 그녀 아니었던가.

'진짜 길드 마스터도 이번 일을 중요하게 여기나 보네.'

그런 것에는 초탈한 사람일 줄 알았는데 아닌 듯싶었다.

길드의 위명이 달린 일.

아린은 길드 내에서도 손에 꼽히는 실력자였으니 성과를 생각하면 지장이 있을 수밖에 없었다.

그것을 감안하고 현준을 구한 것이다.

현준의 눈빛이 조금 달라졌다.

'괜찮을 거 같아.'

겹겹이 쌓인 신뢰는 이미 일정 수준을 넘어갔다. 그동안 지켜본 아린이라면 믿을 수 있을 것 같았다.

아무리 박한 현준이라지만 은혜를 갚을 줄은 알았다.

그리고 사실 현준은 메시아와 인공위성을 통해 아린을 감시하고 있었다. 아린이 길드 마스터의 밀명을 받고 의도적으로 접근한 것은 아닌가, 조금은 의심이 들었던 탓이다.

하지만 아린은 아무런 행동도 취하지 않았다. 현준이 도움을 바라면 도움을 주는 딱 그 선에서만 움직였다.

왜 부족할 거 없는 녀석이 자신을 따르는지. 솔직히 잘은 모르겠다. 다소 무뚝뚝한 걸 제외하면 무엇 하나 부족한 게 없지 않은가. 용병왕이 친부라면 배경도 훌륭하다.

단순히 현준이 강하기 때문에? 그렇다면 길드 마스터를 더욱 우선하여 따랐을 것이다. 현시점에서 현준은 아직 길드 마스터에 미치지 못한다. 깨달음을 얻었대도 벽 몇 개가 남아 있었다. 강해지니 그 차이를 더욱 선명하게 알겠다.

'악의가 없다는 건 분명하지.'

어쨌든 악의가 없다는 건 확실했다.

현준은 침을 꿀꺽 삼키며 말했다.

"······우리 집에서 파스타 먹고 갈래?"

*   *   *

아린은 폴라리스 길드의 선두진열에 섰다. 입단하고 고작 1년이었지만 그녀는 이미 길드 내에서 입지를 단단히 굳히고 있었다.

외모 탓인지 짐승처럼 달려드는 남자가 많았고 하나도 빠짐없이 침몰당했다. 임무를 수행하지 않아도 실력 검증이 되어버린 것이다. 그 결과 아린은 길드에서 다섯 손가락 안에 꼽히는 실력자라는 평가를 받았다.

다른 길드에서도 유명했다. 얼음 꽃이라 불린 그 이름처럼 아린을 한 송이 꽃으로 비유하며 스카우트해 가려는 길드가 무려 세 곳이었다. 섬광 길드를 뺀 나머지 길드 전부가 눈독을 들였다. 외모뿐만 아니라 냉정하기 그지없는 눈빛과 압도적인 실력에 관심을 둔 것이다.

때문에, 선두진열에서도 불만이 없다. 입단한 연차가 고작 1년이라지만 이 업계에선 실력이 전부였다. 실력이 좋으면 하루아침에 순위가 변하고 하는 것이다. 그걸 모두 당연하게 받아들이고 있었다.

"이번 목표는 숙지했으리라 믿는다. 이번 일이 얼마나 중요한지도 알 것이다."

아린과 나란히 선 젊어 보이는 인상의 남자가 말했다. 그는 아린이 들어오기 전까진 가장 촉망받는 인재로 평가받던 남자로서, 고작 스물여덟의 나이에 길드 삼 인자 자리를 꿰찬이였다.

남자가 목표로 지정된 장소를 앞두고 잠시 멈춰 서서 이처럼 말하자 다른 네 명이 고개를 끄덕였다.

"우리 선두그룹은 특급의 현상범을 노린다. 그러기 위한 별동대이다. 우리가 실패하면 이번에야말로 다크맨에 뒤처질 터. 각오 단단히 하도록."

만년 4위. 하지만 올해는 모두 임한 각오가 다르다. 4위를 탈출하겠다는 욕망이 존재했다. 혹여나 다크맨에 뒤처진다면 자존심에 큰 상처를 받을 것이었다.

남자가 이어서 말했다.

"내가 먼저 시선을 끈다. 아린 양은 나를 보조, 남은 셋은 내 신호를 기다린다. 이상, 질문 있나?"

조용하다.

하지만 눈빛만은 다르다.

무언의 긍정이다.

'내가 활약하는 모습을 보면 얼음 꽃이라도 마음이 흔들릴 수밖에 없겠지.'

그러나 남자의 진짜 목적은 따로 있었다.

자신이 활약하는 모습을 보임으로서 아린의 마음을 얻으려는 작전이다.

길드 내 서열 3위라지만 그는 아린에게 깨진 적이 있었다. 아린은 자신보다 약한 이를 아예 남자로서 취급하지 않는다는 걸 알고 자신 있게 도전장을 내밀었다가 처참하게 무너졌다.

비밀리에 진행되어서 둘 외엔 아무도 모르는 일이었지

만…… 이후 그는 죽을 각오로 수련에 매진했다. 드디어 그 성과를 보여줄 때였다.

'그 빈대떡 같은 놈도 안 보이고 말이지.'

빈대떡 같은 놈은 현준이었다.

남자는 내심 음흉하게 웃었다. 아린이 현준을 길드에 데려왔을 때 많은 이가 통곡했다. 딱히 둘이서 연애 감정이 오간다거나 하지 않는다는 걸 깨닫고 환호를 내질렀지만 알 수 없는 게 인간관계였다.

게다가 길드의 입단기록을 갈아치웠다고 했다. 방심할 수 없었다. 이곳에 없는 게 천만다행이었다.

남자는 주먹을 움켜쥐었다. 주인공은 자신이다. 비록 한번 처참하게 깨졌지만 이번에야말로 달라진 모습을 보여주고 말리라.

디이잉.

그 순간. 돌연 누군가의 휴대전화가 울렸다.

남자를 비롯한 나머지 세 명이 도끼눈을 떴다.

신성한 작전개시 전에 대체 누가?

모두가 서릿발을 날리며 범인을 찾았고 이내 그 범인이 아린이라는 걸 알아차렸다.

아린이 휴대전화를 꺼내 발신번호를 확인하고 있었다.

넷은 급히 눈빛을 바꿨다.

아린이 전화하는 걸 본 이가 없다. 또한, 누구 하나 아린의 번호를 얻은 남자가 없었다. 어떤 이가 그녀의 휴대전화에 통화를 건 것일까. 그런 궁금증이 넷 모두에게 있었다.

"······메시아? 누구?"

살짝 떨어져서 통화를 시작한 아린은 가만히 대답만 이어 나갔다.

이윽고 통화를 끝낸 아린이 말했다.

"미안. 급한 일이 생겼어."

"급한 일이 뭐기에?"

"아주 급한 일."

아린은 당돌하게 말했다.

남자는 눈썹을 찌푸렸다.

"이번 작전이 얼마나 중요한 일인지 알 텐데. 길드의 사기와 관련됐다."

최상위 그룹의 별동대가 특급범죄자를 어느 길드보다 빠르게 잡느냐로 길드 전체의 사기가 올라가곤 하였다. 흔히 말하는 기세 싸움이다.

"나 없어도 충분해."

"아니, 네가 빠지면······."

언제부터인가 아린은 길드의 마스코트가 되었다. 그녀가 포함된 것만으로도 상징적인 의미가 컸다.

"빠지면?"

아린의 눈빛이 차가워졌다.

본래 아린은 이 그룹에 낄 생각이 없었다. 길드와 별개로 움직이며 현상범을 잡으려고 했다. 하지만 가짜 길드 마스터와 이하 네 명의 부탁으로 승낙한 것이다. 본래라면 이것도 거절했을 일이었다.

가짜 길드 마스터의 말 따위를 아린이 들을 의무가 없었으므로. 설령 다른 이가 간곡히 부탁한 대도 마음이 내키지 않으면 거절하는 게 아린이었다.

다만, 그들의 말을 듣고 그룹에 낀 것은 모두 현준을 생각해서였다. 아무리 실력자라도 길드를 한 번 벅차고 나간 이를 길드에 포함하는 건 어불성설. 모두 아린이 손을 썼기에 가능하였다.

그 성의를 봐서 승낙한 것이다. 그룹에 껴서 특급범죄자를 잡으면 길드에 공헌하는 바가 커지니까.

지금은 그 특급의 범죄자를 잡는 일보다 중요한 일이 생겼다.

남자가 침을 꿀꺽 삼키며 말했다.

"……곤란하다."

"그럼 잡고 가면 되는 거지?"

아린은 절충안을 내놨다. 안하무인이라고는 하지만 책임

감이 아예 없지도 않았다. 나중에 별충할 생각이었으나 곤란하다 하니 어쩔 수 없었다.

남자가 진지한 표정으로 고개를 끄덕였다.

"그래."

"알았어."

아린은 대답을 들은 즉시 움직였다.

다른 네 명이 미처 반응하기도 전에.

그리고 반응한 순간 여기저기서 비명이 울려 퍼지기 시작했다.

*　　　*　　　*

"오, 오빠……."

"현준아."

경주가 경악 가득한 음성을 내뱉었다. 아버지나 어머니도 믿기지 않는다는 눈초리로 현준을 바라보고 있었다.

"다녀왔습니다."

현준은 코끝을 쓸었다. 때는 저녁이었고, 무려 십 일 만이었다.

굴을 나온 즉시 집에 달려가고 싶은 마음이었지만 거지꼴부터 정리하는 게 먼저였다. 때 빼고 광낸 다음 집을 찾아온 것이다.

"오빠가 여자를 데려왔어!"

"야."

경주가 현준의 뒤에 선 아린을 보곤 외쳤다.

돌아와서 다행이라느니, 이제 어디 가지 말라느니 하는 말을 꺼낼 줄 알았는데…… 경주는 현준이 여자를 데려온 게 더욱 놀라운 모양이었다.

"얼굴이 반쪽이 됐네. 대체 아무런 연락도 없이 어디에 있다가 온 거니?"

어머니는 입술을 꽉 깨물었다. 화가 난 기색이 역력했다.

"죄송합니다. 급한 일이 생겨서 연락을 못 드렸습니다. 이제…… 절대 이런 일 없을 겁니다."

현준은 재차 다짐하며 고개를 숙였다.

굴에 갇혀 있었다는 말을 했다간 지금 이상으로 걱정을 끼칠 것이었다. 차마 말할 수가 없는 부분이었다.

현준의 사과를 듣고 옆에 선 아버지가 말했다.

"그래도 몸 성히 돌아와서 다행이다."

"튼튼한 거 빼면 제가 시체잖아요, 아버지."

고개를 든 현준이 멋쩍게 웃어 보였다.

둥그런 상 위로 파스타와 피자, 샐러드 등의 음식들이 놓였다. 모두 현준의 작품이다.

이어 상을 가득 채운 양식 옆으로 가족들이 둥글게 둘러앉았다. 가족 외의 사람이 한 명 있었지만 누구도 크게 신경 쓰지 않는 분위기였다.

"그래, 이름이 아린이라고?"

아버지가 묻자 아린이 고개를 끄덕였다.

"……네."

놀라운 일이었다. 현준은 눈을 동그랗게 떴다. 아린이 누군가에게 존댓말을 쓰는 건 처음 보는 탓이다.

"현준이랑 친하게 지내주려무나."

현준이 한마디 꺼냈다.

"아버지, 제가 중고등학생입니까?"

"녀석, 다를 게 없다."

현준은 입술을 쭉 내밀었다.

"오빠가 집에 여자를 데려오다니…… 오빠가 집에 여자를 데려오다니……."

그 옆에서 경주가 마치 저주처럼 이와 같은 말을 되뇌고 있었다.

상당히 충격을 받은 모습이다.

"미안해요. 분위기가 어수선하죠? 현준이가 집에 누군가를 데려온 건 처음이라 그래요."

아린은 격하게 고개를 저었다.

전혀 어수선하지 않다는 의미다.

그러자 어머니가 푸근하게 웃었다.

"다행이네요."

현준은 한숨을 내쉬며 말했다.

"모처럼 만든 음식 다 식겠네. 일단 먹읍시다. 저 배고픕니다."

"그래, 그러자꾸나."

아버지가 고개를 끄덕인 순간 드디어 본격적인 식사가 시작되었다.

후륵!

아린은 파스타를 포크에 둘둘 말아 입에 담았다. 어쩐지 현준과 둘이 있을 때와는 먹는 법조차 달랐다. 맛에 취해 마구 퍼먹는 게 기본이었건만.

자세도 다소곳한 것이, 꼭 양갓집 규수 같았다.

'설마 긴장한 건가?'

존댓말도 그렇다. 쓸 수 있으면서 여태껏 누구에게도 쓴 모습을 본 적이 없다.

어쩌면 긴장한 게 아닐까.

현준이 흐뭇하게 아린을 바라봤다. 아린은 얌전히 식사를 진행했다.

현준은 자신이 숨겨온 가장 소중한 것을 아린에게 보여줬다.

바로 가족이다.

계기는 이가은의 말이었다. 믿음을 위해 비밀을 교환하자는 것. 서로 신뢰하고자 한 꺼풀 벗을 필요가 있다고 여긴 것이다.

식사가 끝난 후 어머니와 경주에게 질문 폭탄 세례를 받으며 아린은 정신없는 시간을 보냈다. 여자 셋이 모이면 접시가 깨진다지만 현준의 집에서만큼은 예외였다.

어머니와 경주.

더 필요 없다. 두 명이면 충분하다. 아린이 조용하대도 여자 두 명이 오두방정이니 조용할 틈이 없었다.

가만히 듣기만 하는 건 미안하다 여겼는지 아린은 솔직하게 털어놓았다.

"미안해요. 저, 한국어가 능숙하지 않아요."

경주가 그럴 줄 알았다는 듯 입가에 미소를 띤 채 말했다.

"아! 어쩐지. 언니 혼혈이죠?"

"네."

"어디랑 어디예요?"

"러시아랑 한국……."

경주는 눈을 부릅뜨고 아린의 볼 살을 손가락으로 훑었다. 묻어나오는 게 하나도 없자 경주는 울상을 지어 보였다.

"화장을 안 해도 잡티 한 점 없는 하얀 얼굴이 나오다니…… 왠지 분하다."

"경주도 하얘요."

"흑, 언니. 빈말이라도 고마워요."

토종 한국인인 경주와 아린은 확실히 피부색부터 달랐다. 경주도 하얀 편에 속하긴 했지만 아린 정도는 아니었다.

'진짜 혼혈이었구나.'

현준과 아버지는 강제적으로 쫓겨나 바깥에 놓여 있었다 하지만 컨테이너 박스에 기댄 상태에서도 안에서 이야기하는 목소리가 전부 들렸다.

본의 아니게 이야기를 듣고 있던 현준은 고개를 끄덕였다. 혼혈에 대한 환상은 지금도 많고, 화장기술도 발전하여 혼혈인처럼 보이고자 한다면 구분이 쉽지 않다. 그래서 현준은 평소 아린이 화장을 하고 다니는 줄 알았다.

지나치게 희었으니까.

'말투가 짧은 것도 그럼…….'

이제는 납득이 되었다. 한국어의 구사가 서투르니 자연스럽게 말이 짧아지는 것이다. 지금은 무슨 심경의 변화가 있어서 어렵사리 존댓말을 이어가는 것인지 알 수 없지만 평소 행실은 이해할 수준 내였다.

"언니, 우리 오빠와는 무슨 관계예요?"

경주의 강력한 돌직구였다.

훔쳐 듣는 것 같아서 몸을 떼려던 현준이 다시 귀를 쫑긋 세웠다.

그러자 아린은 매우 간단하게 답했다.

"경쟁자."

어떤 목적을 두고 서로 다투는 사이를 뜻하는 그 단어가 왜 나온단 말인가. 그야 같은 업종에 종사하고, 한 범죄자를 두고 다툰 적이 없지는 않지만⋯⋯.

"그럼 사랑한다거나 좋아한다거나 하는 감정은 없는 거예요?"

"모르겠어요."

"에이, 예의상 하는 대답이죠? 이해해요. 오빠한테 언니는 아까워요."

이쯤 되면 동생이 아니라 원수다.

씁쓸하게 혀를 찬 현준은 컨테이너 박스에서 완전히 몸을 뗐다.

'달 참 밝다.'

까만 하늘에 둥그런 노란 점 하나. 휘영청 밝은 보름달이다.

현준은 마찬가지로 가만히 보름달을 올려다보던 아버지를 향해 물었다.

"아버지, 같이 운동이나 갈까요?"

"운동 말이냐?"

현준은 어깨를 으쓱했다.

"그냥 동네 한 바퀴 도는 마음으로 천천히 걷자고요. 지금 집에 들어갔다간 여자들한테 뭇매 맞을 거 같아요."

한창 대화에 물이 올랐는데 들어갔다간 눈치 없는 사람이라며 욕을 먹을 게 번했다.

'운동도 하셔야지.'

아버지의 허리가 완치됐다지만 현준이 같이 운동을 제안한 것은 이번이 처음이었다.

그간은 혹여나 문제가 생길까 봐 노심초사했으나 운동하지 않는 것도 좋다고 여길 수는 없었다. 하루의 절반을 가만히 서서 보내시니 완치된 허리가 다시 나빠질 수도 있는 노릇이었다.

현 시대의 의학. 돈만 있으면 거의 못 고치는 병이 없다. 운동을 하지 않아도 건강한 몸을 유지할 수 있었다. 그러나 현준은 일단 건강의 기본은 운동이라고 생각했다.

"그러자꾸나."

아버지가 고개를 끄덕였다.

현준은 깊숙이 고개를 숙여보였다.

"걷다가 힘들면 말씀하십시오. 제 등을 빌려드리겠습니다."

"……필요 없다."

아버지가 먼저 걷기 시작했다.

현준은 코끝을 쓸며 외쳤다.

"아버지, 같이 가요!"

*　　*　　*

현준의 십 일을 앗아간 미치광이 과학자. 그의 시신을 찾아 넘기는 건 간단했다. 굴이 무너지기 직전 그가 위치한 곳이 과학실 안이었으므로 두 시간여 만에 찾아낼 수 있었다.

그러나 시신은 훼손되어 있었다. 신기하게도 잔학심이나 동정심은 전혀 들지 않았다. 매우 익숙한 것을 본 듯한 느낌이었다.

대수롭지 않게 넘어갔다. 인체실험을 일삼은 잔학무도한 놈이니 그럴 수도 있겠다 싶은 것이다.

현준은 관리국에 미치광이 과학자를 넘겼다. 훼손된 시신이나 DNA감정은 쉬운 편이었다. 감정이 끝난 즉시 1억 원이 통장에 입금되었다.

국가지정의 범죄자는 세금이 붙지 않기에 가능한 일이었다.

'이게 다가 아니지.'

아직 5일이나 남았다. 1억 원은 많은 돈이지만 만족할 수준은 안 되었다.

고작 한 명 잡고 끝낼 생각은 없었다. 10일간 잡힌 현상범의 숫자가 상당했지만 전부 잡히진 않았다. 충분히 더 잡을 가능성이 있었다.

그러면 길드의 공헌도도 높아질 것이다. 누이 좋고 매부 좋다는 게 이런 것 아니겠는가. 서로 윈윈하는 구조면 누구도 욕할 사람이 없다.

'남은 시간을 최대한 잘 활용해야겠지.'

다음 타깃. 제한된 시간 내에서 최대의 효율을 내려거든 신중히, 그리고 빠르게 골라야 한다. 현준의 표정은 진지하기 이를 데 없었다.

디리리링─.

때마침 휴대전화가 울렸다.

발신자로 표시된 이름은 아린이었다.

현준은 굳은 표정을 풀었다.

'잘 들어갔나 보군.'

어제 저녁 늦은 시각에 현준은 아린을 배웅했다. 대략 십여

일간 자리를 비운 건 아린도 같았다. 원래라면 현준의 집이 아니라 길드에 들러 이번 일을 해명해야 했을 것이다. 그럼에도 현준을 따라온 것은 그녀 나름대로의 배려였다.

하루아침에 전화를 준 걸 보면 일이 잘 풀렸음을 뜻했다. 그래도 아린의 성격상 굳이 그 내용을 전하려 들지는 않을 터였다.

현준은 고개를 갸웃하며 통화 다이얼을 눌렀다.

"여보세요?"

—어디야?

현준은 주변을 둘러보곤 말했다.

"C지구 라온 은행 앞인데."

라온 은행은 현준이 가장 애용하는 곳이었다. 이하 지구의 은행에선 많은 금액을 취급하기 번거로운 면이 없잖아 있어서 C지구까지 넘나드는 것이었다.

—거기로 갈게.

툭!

전화가 끊겼다.

"……난데없는 녀석일세."

현준은 당혹스러운 음성으로 말했다. 뜬금없이 전화를 걸어서 아무런 용건도 전하지 않고 끊어버렸다. 안하무인이 따로 없지만 아린이니까 수긍했다. 알고 지낸 기간은 적으나 아린의 성격만큼은 어느 정도 알게 됐다고 자부하고 있었다.

'여기로 온다고?'

그나마 한 가지 확인한 건 아린이 이곳으로 온다는 것뿐이었다.

온다고 했으니 오긴 올 것이다.

현준은 팔짱을 낀 채 아린을 기다렸다.

5분 정도의 시간이 지나자 완전무장을 한 아린이 모습을 드러냈다.

활동하기 쉬운 짧은 바지와 어깨가 드러나는 시원한 옷. 허리에 맨 검 집. 여전히 주변의 시선을 독차지하는 중이었다.

"안녕."

지척으로 다가온 아린을 향해 현준은 씁쓸한 표정을 짓고는 말했다.

"안녕."

아린도 마주하며 짧게 인사했다.

한숨을 내쉰 현준이 물었다.

"그래서…… 무슨 용무야?"

아린은 지체없이 답했다.

"듀오, 하자."

"듀오?"

"응."

잘못 들진 않은 것 같았다.

듀오(Duo).

현상금 사냥꾼 두 명이 잠시간 특정 목표를 잡고자 동맹을
이루는 용어다.

현상금 사냥꾼 대부분은 욕심이 많아서 현상금을 나누려
는 일이 좀처럼 없지만 듀오의 경우는 다르다. 애당초 혼자서
는 버거운 목표이거나 자신을 드러내선 안 될 때 듀오를 이루
곤 하는 것이다.

"상대는? 누구를 잡으려고 그러는 거야?"

아린은 고개를 갸웃했다.

"상대?"

"혼자서 잡기 힘들다고 판단했으니까 나랑 듀오를 하자는
것일 거 아냐."

"……?"

아린은 씨나락 까먹는 소리라도 들은 듯 눈만 깜빡이고 있
었다.

'그냥 듀오를 하자고 한 건가? 어째서?'

현준은 의심의 눈초리로 아린을 바라봤다. 아린도 지지 않
겠다는 듯 현준의 눈을 쳐다봤다.

그러다 보니 어째서인지 눈싸움이 되어버렸다. 둘은 3분이
넘도록 서로의 눈만 쳐다보고 있었다.

'독한 것.'

시간이 지나자 과연 현준도 눈이 따가워질 수밖에 없었다. 아린은 그 커다란 눈에서 눈물 한 방울 흘리지 않았다.

끝내 현준은 눈을 감았다. 다시 눈을 떴을 때 아린은 여전히 무표정했으나 승리자의 눈빛을 짓고 있었다.

그 눈빛을 본 현준은 몸을 부들부들 떨었다.

그래, 네가 짱이다.

"……갑자기 듀오는 왜?"

"너무 약해."

"누가?"

아린의 눈이 다시 현준에게로 향했다.

또 눈싸움이라도 하자는 것은 아닐 테다. 너무 약하다 말한 대상이 현준임을 뜻했다.

현준은 혹시 몰라서 말했다.

"내가?"

끄덕!

아린이 수긍했다.

"하하, 농담이지?"

현준은 멋쩍게 웃었다. 그러자 아린이 긴말을 늘어놓았다.

"위험을 자처하는 타입. 뒤를 안 돌아 봐. 무작정 돌격하고 보는 성격은 고치는 게 좋아. 지근거리에서 돌봐줄 사람이 필요해. 이게 그동안 내가 내린 결론."

"……."

현준은 할 말을 잃었다. 반박하고 싶지만 죄다 들어맞는 탓이다. 흔히 말하는 단순무식은 어느새 현준을 대표하는 단어가 되어버렸다.

아린은 아직 할 말이 전부 끝나지 않았는지 이어서 말했다.

"이번 일도 나라면 굴 안에 있는 녀석을 바깥에 나오도록 유도했을 거야."

아…….

맞는 말이다. 굴 안에 있으면 나오도록 하면 되는 것이다. 그 간단한 것을 깨닫지 못해서 굴 안을 전전하지 않았던가.

'왜 알려주지 않은 거니?

메시아라면 알고 있었을 터.

현준은 목걸이를 거세게 두드렸다.

「나 메시아는 사용자에게 가장 최적화된 서포트를 행하노라. 사용자는 일단 부딪혀 보고 판단하는 사람이기에 말리지 않았노라. 결과적으로는 실책이었지만 말이도다. 앞으로는 조금 더 세심하게 살펴보도록 하겠노라.」

메시아가 답했다.

하여간 말이라도 못하면.

현준은 내심 고개를 저었다.

'결국 나를 돌봐주겠다는 건가?'

누가 누구를 돌봐주는 것인지는 알 수 없지만 아린의 뜻은 명확했다.

현준은 턱을 쓸며 고민하였다.

'둘 다 실력은 확실하니까. 일처리 속도가 늘긴 하겠지.'

남은 5일.

아린과 함께 일을 진행하면 상당한 숫자를 처리할 수 있을 터였다.

돌봐준다는 관점이 아니라도 이번 듀오는 충분히 메리트가 있었다.

"제안은 고맙네. 그런데 내가 죽으면 곤란하기라도 한 거야?"

"파스타를 해줄 사람이 없어져."

"그러냐."

현준은 피식 웃고 말았다.

진짜인지 거짓인지 구분할 수가 없다.

'경쟁자가 죽으면 곤란한 것일 수도 있고.'

어깨를 으쓱한 현준이 말했다.

"좋아. 듀오인지 뭔지 해보자고. 돈은 정확하게 반으로 나눈다?"

"상관없어."

현준은 척! 오른손을 내밀었다.

"남은 5일. 잘 부탁한다, 파트너."

"응."

아린이 그 손을 맞잡았다.

본격적인 사냥의 시작이었다.

제7장

미르 보육원

쾅! 쾅! 콰르릉!

너른 공동. 그 안을 가득 메운 우레와 같은 총성.

공동 중앙의 거대 머신건. 그 총구가 불을 내뿜으며 바쁘게 돈다.

한 대가 아니다. 무려 여섯 대나 있었다. 그것들 하나하나가 아린과 현준의 위치를 자동으로 잡아내 사격하는 중이었다.

'내가 앞장선다. 잡아.'

두꺼운 철판 뒤에 몸을 숨긴 현준이 바로 옆에 선 아린에게 눈빛으로 뜻을 전했다.

드드드드!

머신건의 뒤쪽. 소형우주선이 기지개를 켰다. 양쪽 날개가 펼쳐지며 조금씩 허공으로 뜨기 시작한 것이다.

천장의 해치가 열렸다. 마치 입을 벌리듯 천장이 벌어지며 우주선이 빠져나갈 공간을 만들었다.

가만히 뒀다간 도망간다. 대상을 눈앞에서 놓칠 수는 없는 노릇이다.

'지금!'

현준은 빠르게 달렸다.

머신건의 총구가 현준을 향했다. 총구는 초당 수십 발의 총알을 내뿜었다. 피할 수 없는 것이 당연하겠지만…… 현준은 그 당연함을 또 당연하다는 듯이 우회하고 있었다.

쏜살같이 사라지며 크게 원을 그리자 총구가 미처 따라가지 못하는 상황이 발생했다.

툭─

그와 동시에 아린이 높게 날아올랐다. 가벼운 솜처럼 뛰어올라 단번에 거리를 좁힌 아린이 소형우주선의 갑판 위에 섰다.

하지만 우주선에도 아무런 장치가 되어 있지 않을 리 만무하다. 우주선 양옆에 달린 작은 두 개의 센서가 아린을 저격하고 레이저를 내뱉었다.

아린은 급히 몸을 우회했다. 그대로 검을 뽑아 사선으로 휘두르자 두 센서가 잘려 나갔다.

그러나 이류는 멈추지 않았다. 이내 엔진 소리가 요란해지며 우주선이 떴다. 갑작스러운 이류으로 아린은 자세를 흩뜨렸다.

"괜찮아?"

어느새 다가온 현준이 아린의 몸을 지탱해 주었다.

끄덕!

아린은 가볍게 고개를 끄덕였다. 이어 아린은 밑을 내려다봤다.

여섯 개의 거대한 머신건은 모두 박살이 나 있었다. 우주선의 엔진 소리가 요란하게 울릴 수 있었던 것도 총성이 멈췄기 때문이다. 아니라면 총성에 묻혔을 것이다.

'더 강해진 거 같아.'

아린이 생각하기에 현준은 전보다 훨씬 강해져 있었다. 단순히 빨라지고 힘이 강해졌다는 차원이 아니라 눈빛 또한 변했다. 싱글 웃으며 말하는 와중에도 눈빛만은 고요하게 가라앉아 있었다.

굴에서 무슨 일을 겪은 걸까? 생사의 극에 놓이면 사람은 변하게 마련이라지만 현준의 변화는 상식적으로 이해하기 어려운 수준이었다.

처음 부딪쳤을 때도 강하다고 생각은 했다. 그러나 사력을 다해 부딪치면 접전이 펼쳐지리라고 믿어 의심치 않았다. 하지만, 지금은…… 솔직히 자신이 없었다.

'저게 전부는 아닐 거야.'

지난 며칠간 아린은 현준과 함께 현상범을 잡았다. 말이 함께이지 현준 혼자서도 어렵지 않게 일을 진행해 나갈 수 있었을 것이다. 아린은 현준의 짐이 되지 않고자 세 발자국 먼저 움직였지만, 그마저 순식간에 따라잡히기 일쑤였다.

그런데도 전부 보여준 게 아닌 거 같다는 느낌이 강하게 들었다.

이 사람은 매일 성장하고 있다. 그 끝이 보이지 않을 정도로 가파르게. 용병왕의 딸인 자신보다도 빠르게 말이다.

스아악!

아린이 잠시 다른 생각을 하고 있던 사이 현준은 우주선의 덮개를 녹여 버렸다. 안에서 우주선을 조종하던 탑승자가 눈을 크게 뜬 채 위를 바라보고 있었다.

"어딜 혼자 도망가시려고?"

가볍게 뛰어내려 우주선 안으로 들어간 현준이 싱글벙글 웃어 보였다. 상대에겐 더할 나위 없이 악마의 미소처럼 느껴지겠지만…….

"사, 살려다오."

남자가 바로 무릎을 꿇었다.

악덕 고리 업주의 최후치곤 썩 멋있지 않았다.

"누가 죽이는데?"

어깨를 으쓱한 현준은 주변을 둘러봤다. 적어도 이 주변에서 남자를 죽일 사람은 없었다.

"모른 척 지나가 준다면 섭섭지 않도록 해주겠다."

"지금도 섭섭하지 않으니까 걱정 붙들어 매."

현준은 즉시 남자의 뒷목을 잡아서 일으켜 세웠다.

'섭섭하긴커녕 내가 절을 하고 싶을 정도다.'

현준의 미소가 더욱 짙어졌다.

이곳을 찾기 전 이미 악덕 고리 업주의 사무실을 한차례 탐방한 현준이다.

숨겨둔 현금은 없었지만 대신 그곳에서 비밀장부를 찾아낼 수 있었다. 경찰 고위직 간부 등 제법 유명한 이들이 그곳 장부에 이름을 올리고 있었으니 짭짤한 부수입이 생긴 셈이다.

굳이 악덕 고리 업주에게서 돈을 뜯어낼 필요가 없다는 말이다.

"놔라! 내가 누군 줄 아느냐!"

"아린, 이놈 좀 조용하게 만들 수 없어? 내가 잘못 치면 죽을 거 같아서 그래."

끄덕!

내려온 아린이 남자의 뒷목을 강하게 내려쳤다.

"끅! 두, 두고 봐라."

따악!

"내가 기필코 너희를."

따악!

"죽이고 마……."

따악!

"그만 때려라!"

아린은 고개를 갸웃했다.

자신도 왜 남자가 기절을 안 하는지 의문인 듯싶었다.

"비계가 많아서 그런 거 아니야?"

"아."

남자의 몸집이 비대하긴 했다.

수긍한 아린이 더욱 힘을 줘서 남자의 뒷목을 내려쳤다. 그
제야 남자가 게거품을 물며 기절했다.

아린은 손을 털었다. 현준은 쯧쯧 혀를 차고 말했다.

"이제 좀 조용하네."

5일.

현준과 아린이 파트너를 맺은 일수다.

그 시간 동안 둘은 세 명의 현상범을 추가로 잡아들일 수 있었다.

현상금 수령액은 처음 미치광이 과학자를 제외하고 총액 3억 5천만 원. 둘이서 반으로 나누면 각자 1억 7,500만 원을 받게 된 셈이다.

거기에 미치광이 과학자를 더하면 현준이 이 기간에 벌어들인 돈은 총 2억 7,500만 원이었다. 굴에 갇혀 10일을 제외해도 상당한 금액. 만족하지 않을 이유가 없었다.

폴라리스 길드가 현준과 아린에게 기대한 숫자에는 미치지 못하겠지만, 그렇다고 성과가 없다 할 수준은 아닐 것이다.

애당초 메시아의 도움이 있어서 네 명의 위치를 알아낼 수 있었다. 평범한 사냥꾼이라면 범죄자와의 전쟁 기간에 한두 명 쫓기도 버거웠을 터였다.

'부수입도 짭짤하고 말이야.'

마지막 악덕 고리대금 업주를 잡은 게 유효했다. 남자가 소유한 우주선 같은 경우엔 국가가 일체 몰수하므로 손을 댈 수 없지만 비밀장부는 이야기가 달랐다. 사용하기에 따라서 막강한 무기가 될 수도 있었다.

"파티한다는데, 안 가?"

길가를 거닐던 도중 아린이 물었다. 사냥 기간이 끝난 기념으로 길드에서 파티를 열기로 말이 되어 있었다. 참여해서 여흥을 즐기는 것도 나쁘진 않을 것 같으나 현준은 고개를 저었다.

"잠깐 들를 곳이 좀 있어서."

"어디?"

"나랑 같이 나온 남자애 있었잖아? 걔 좀 보러."

"보육원?"

"괜찮은지 조금 걱정도 되고."

현준은 유독 말하는 게 아이답지 않던 남자아이를 떠올렸다. 뿐만 아니라 함께 굴에 갇혀 현준 이상의 정신력으로 목숨을 지탱하지 않았던가. 보통의 아이라면 울며불며 난리를 쳤어도 이상하지 않았을 텐데 혼자서 조용히 침묵하는 어른스러움도 보였다.

굴을 나왔을 때 박용후는 의식을 잃은 상태였다. 그날 병원에서 의식을 찾을 수 있었고, 의사가 말하길 몸에 큰 이상은 없다고 하였으나 만사 불여튼튼이다. 안심하기는 이르다.

일이 끝났으니 겸사겸사 만나러 가는 것도 괜찮을 듯싶었다.

"알았어. 내가 말해 둘게."

아린은 별거 아니라는 듯이 고개를 끄덕였다. 이렇게 시원한 태도로 가려운 부위를 긁어주는 게 어쩌나 고마운지. 현준은 싱글벙글 웃어 보였다.

"고마워. 나중에 크게 한턱내마."

"응."

한 차례 손을 흔든 아린이 현준에게서 멀어졌다. 정말 끊고 맺는 것이 철저하다고 해야 할까. 어지간한 일에 미련을 두지 않는 성격이었다.

'용케 같이 파트너를 맺자고 했네.'

고집스럽게 파트너를 고집하던 아린의 모습을 회상했다. 아린의 성격상 이례적인 일이었기에 한동안은 잊을 수 없을 것 같았다.

현준은 길가를 걷다가 늘어선 가게 점포들을 보고 생각했다.

'어디 보자. 보육원이면 애들이 많겠지?'

박용후에게 듣기론 아이가 많다고 들었다. 정확히 몇 명이라고 확정 지어서 말해주진 않았지만 못해도 열 명은 넘을 것이다.

"아저씨, 이 수박 얼마예요?"

과일을 파는 점포에 다가가 수박의 가격을 물었다. 그러자 점포 주인이 미소를 지으며 답했다.

"유기농 수박이라 가격이 조금 나갑니다. 5만 원 받습니다."

과일은 비싸다. 고기보다 더하다. 특히 유기농은 더욱 비쌌다.

현준은 의심쩍은 눈초리를 지었다.

"요즘 같은 때에 유기농이 어디 있어요?"

"손님, 저희 점포에서 파는 과일은 전부 백암에서 직접 가져오는 싱싱한 것들입니다. 믿으세요."

현준은 수박을 비롯한 과일을 훑었다. 확실히 다른 점포에 비해서 과일들이 생기가 넘쳤다.

'싱싱하긴 하니까.'

각성하며 보는 것이 가능하게 된 맥. 현준은 그 맥이 가장 요동치는 과일만 쓸어 담았다.

큰 봉투 두 개를 가득 채운 후 현준은 말했다.

"이렇게 주세요. 배달되죠?"

점포 주인이 놀란 듯이 눈을 치켜떴다.

"이 정도면 배달이 되긴 합니다만. 손님…… 눈썰미가 상당하시군요. 좋은 것만 골라가셨네요."

"얼마에요?"

"61만 원. 만 원 깎아서 60에 드리겠습니다."

과일을 먹을 바에는 고기를 먹는다는 말이 있다. 그만큼 과일이 비싼 탓이다.

흥정하면 몇만 원 더 못 깎을 것도 없었다. 그러나 현준은 스스럼없이 카드 한 장을 내밀었다.

"일시불이요."

'과일값 장난 아니네.'

그래도 아쉬운 게 없지는 않은지라 속으로 한마디 불평하
는 건 어쩔 수 없었다. 과일값이 유독 비싼 건 사실이었으니
까.

어느 나라를 가나 마찬가지다. 유전자 조작으로 강한 품종
의 과일을 배양해도 토지 자체에 힘이 없어서 농작물이 자라
지 못하는 것이다.

몇몇 관리되는 곳에서나 기를 수 있는데, 땅값도 땅값이거
니와 이조차도 세금을 장난 아니게 뗀다고 한다. 오염이 덜
된 곳은 아예 정부에서 관리한다는 말도 들은 적이 있었다.

"결제 완료되었습니다. 배달은 어디로 보내드릴까요?"

오랜만에 만난 '봉'이라 여겼는지 점포의 주인이 지은 미
소가 처음 볼 때보다 훨씬 짙어졌다.

그 눈빛과 미소를 알아차리지 못할 현준이 아니지만 넘어
가기로 했다.

'기분 낼 때도 있어야 하는 법이지.'

박용후에게 고마운 감정이 없는 것도 아니었다. 보이는 거
라곤 어둠뿐인 공간. 혼자 있었다면 제아무리 현준이라도 정
신에 살짝 문제가 생겼을 터다. 게다가 박용후 덕분에 깨달음

을 얻은 부분도 없지 않아 있었다.

받은 게 있으니 돌려주는 것도 당연하다. 게다가 미래의 동량들에게 점수 조금 따놓는다고 생각하면 지출이 전혀 아깝지 않았다.

"미르 보육원으로 보내주세요."

"예, 알겠습니다. 지금 바로 보내드릴까요?"

"그래 주세요."

현준이 찾은 점포는 제법 규모가 커서 사람도 많았다. 그래도 한두 시간 정도는 걸릴 테지만.

'과일은 후식이지.'

현준은 먹을거리 쇼핑을 계속했다.

보육원은 협소했다. 거짓말 조금 보태서 조금 큰 오두막이라 칭해도 이상하지 않을 수준이다.

그 앞에 '미르 보육원'이라 적힌 푯말이 바람에 쓸려 덜컹대지 않았다면 알아볼 수도 없었을 것이다.

'이런 곳이었구나.'

현준이 이곳 보육원을 찾은 건 처음이었다. 박용후가 병원에 입원했을 당시에도 보육원의 선생님이라는 사람이 데려가서 확인할 수 없었다. 그나마 이곳의 위치와 이름을 들은 게 전부였다.

그 앞에서 아이들이 활기차게 뛰어놀고 있었다. 네모 모양으로 접은 박스를 발로 차며 축구 흉내를 내는 듯했다. 땟국이 질게 묻어 있긴 했지만, 입가에 지어진 미소만큼은 진짜였다.

현준이 아이들에게 조심스럽게 다가가자 아이들은 축구를 멈추고 현준을 올려다보았다.

"아저씨는 누구세요?"

"여기 용후라는 애 있니? 성은 박 씨인데. 그 아이가 날 알고 있거든."

"용후요? 있어요. 불러드릴까요?"

"음······그래 주면 고맙겠구나."

박용후와 전혀 다른 느낌의 아이들이었다. 그야말로 진짜 '아이'라는 느낌이었다.

짧게 고개를 숙이고 보육원 안으로 들어간 아이가 머지않아 박용후와 함께 모습을 드러냈다. 그 옆엔 일전 병원에서 한차례 본 선생님도 있었다.

"어? 진짜 형아네!"

눈을 크게 뜬 박용후가 부랴부랴 달려와서 현준에게 엉겨붙었다.

"건강해 보여서 다행이다."

"형아가 여긴 웬일이에요?"

현준은 피식 웃었다.

"너 건강한지 보려고 왔지."

박용후가 살짝 떨어져서 현준의 양손을 번갈아 쳐다보곤 눈을 흘겼다.

"아무리 형이라지만 빈손이면 곤란한데요."

"걱정하지 마라. 곧 도착할 거야."

"뭐가 도착해요?"

"보면 안다."

짧은 대화를 나누고 현준은 박용후의 뒤에 선 여인을 바라봤다. 이십 대 중반의 나이로 보이는 온화한 인상의 여인이었다. 그녀가 바로 이 보육원을 책임지는 원장이자 선생님이었다.

"안녕하세요. 또 뵙네요?"

현준이 가볍게 인사말을 건네자 여인이 고개를 푹 숙였다.

"예……. 그때는 경황이 없어서 인사 못 드린 거 죄송해요."

"이해합니다. 10일 만에 들은 소식이잖아요. 저라도 그럴 겁니다."

박용후가 병원에 있다는 소식을 듣고 찾아온 여인의 표정은 눈물과 콧물이 데코레이션 되어 그다지 볼 만하진 않았다. 그만큼 박용후를 걱정했다는 방증일 테지만…… 그런 상태로 현준이 눈에 들어올 리 없었다.

"정말 죄송해요."

"괜찮다니까요."

"혹시 괜찮으시면 커피라도 대접해 드릴게요."

"그러면 저야 감사하죠."

"들어오세요."

현준은 여인을 따라 보육원 안으로 발을 옮겼다. 그사이 박용후가 종달새처럼 지저귀었다.

"진짜 예쁘죠? 그래도 반하면 안 돼요. 선생님은 제 거예요."

"알았다."

"몰래 반해도 안 돼요."

"안 반하도록 노력할게."

"하지만 우리 선생님을 보면 반할 수밖에 없죠. 그 부분은 저도 인정해요."

"나보고 어쩌라는 거니?"

"우리 선의의 경쟁을 해봐요."

"……."

현준은 작게 한숨을 내쉬었다. 확실히 여인은 아름다운 편이었지만, 지난 5일간 바로 옆에 아린을 둔 영향인지 여자가 여자로 보이지 않았다.

'이러다가 눈만 높아지는 거 아니야?'

생각해 보니 걱정이다. 눈은 높은데 현실이 시궁창이면 평생 결혼 못할지도 모른다. 현준은 아린의 파괴력을 새삼 실감하며 보육원 건물에 완전히 발을 들였다.

시설은 겉보기와 마찬가지로 상당히 낙후되어 있었다. 비가 오면 물이 뚝뚝 떨어질 정도의 모습이었고, 나름 깨끗하게 유지하고 있다지만 지어진 지 상당한 시간이 흐른 듯 곳곳에 흔적들이 남아 있었다.

특징이라면 거실에 놓인 커다란 식탁이었다. 스무 명이 앉기는 무리지만 열 명은 족히 앉을 수 있을 것 같았다.

방은 총 세 개. 아이들의 숫자는 대략 열대여섯 명 정도. 대식구가 지내기엔 확실히 비좁았다.

"앉아 있으시겠어요?"

"알겠습니다."

주방에서 여인이 커피를 타기 시작했다. 현준은 순식간에 주변 아이들로부터 이목을 모으게 되었다.

입구에 다닥다닥 번데기처럼 붙어 있는 모습이 가관이다.

현준은 눈 둘 곳을 몰라 멍하니 천장만 바라봤다.

'애들이 쳐다보는 건 왠지 낯이 간지럽단 말이야.'

왜일까.

아이들의 눈빛을 한 몸에 받자 마주 볼 엄두가 나지 않았다. 그만큼 타락했기 때문인지, 아니면 단순히 시선이 집중되는 게 익숙하지 않아서인지는 알 수 없다.

"형아, 왜 하늘만 쳐다보고 있어요?"

박용후가 옆자리에 끼겨 앉았다.

"비 오면 새겠다 싶어서."

"안 새요. 형아들이 며칠 전에 보수했거든요."

현준은 고개를 돌렸다.

"형아들? 여기 모인 사람들 말고 더 있어?"

"네, 일하러 간 형 누나들이 다섯 명 더 있어요."

현준은 기겁할 수밖에 없었다.

"그럼 20명이 이곳에서 지내는 거야?"

박용후는 별것 아니라는 듯이 말했다.

"살짝 좁긴 하지만 문제없어요. 딱히 코를 고는 사람도 없고요. 뭐, 그걸 의식해서인지 형 누나들이 자립한다고 정식일 자리를 찾고 있긴 하지만요."

"고생이 많겠구나."

"저도 조금 더 나이 먹으면 일을 할 거에요. 보육원은 제가 지켜야죠."

현준은 박용후의 머리를 가볍게 두드렸다.

"자식, 기특하다."

"헤헤."

영혼 없는 손짓 한 번에 박용후가 함박미소를 지었다. 곧
여인이 커피를 타왔다.

"죄송해요. 손님 모시기가 여의치 않은 상황이라 커피밖
에……."

"아닙니다. 커피 한 잔이면 충분합니다."

현준은 고개를 내젓곤 유리잔의 커피를 한 모금 들이켰다.

'직접 드립했나 보구나.'

고급 커피의 맛은 아니었지만, 꽤 깊은 맛을 음미할 수 있
었다. 원두를 구하기도 쉽지 않을 터인데 정성스럽게 만들어
주었으니 이 정도면 다른 대접은 필요 없었다.

"맛있네요."

"커피는 자신 있답니다."

여인이 자연스럽게 웃었다.

"아, 그리고 보니 저희 통성명도 안 나눴죠? 저는 박현준이
라 합니다."

부를 호칭을 생각하다가 불현듯 떠올랐다.

현준은 자리에서 일어나 손을 내밀었다. 여인이 그 손을 맞
잡으며 대답하였다.

"민희예요. 김민희."

"이름 예쁘시네요."

"아니에요. 흔한 이름이죠."

입에 발린 말이었지만 칭찬은 고래도 춤추게 한다. 민희와의 분위기가 한층 부드러워졌음은 두말할 필요가 없다.

'아린이었다면 칭찬해도 고개 한 번 끄덕이고 말았겠지.'

무뚝뚝하기 이를 데 없는 표정으로 고개를 끄덕이는 아린의 모습이 떠올라서 실소를 짓고 말았다.

"아, 지금 비웃은 거죠?"

김민희가 눈을 가늘게 떴다. 갑작스럽게 실소를 내뱉은 현준이 의심스러운 까닭이다.

현준은 급히 고개를 저었다.

"아뇨. 갑자기 생각나는 사람이 있어서…… 절대로 비웃은 거 아닙니다. 그런데 원래 아이들이 이렇게 많나요?"

주제를 바꾸자 김민희가 긍정했다.

"보육원이니까요. 정확히 스물두 명이랍니다."

"스물두 명이면 이름 외우기도 어렵겠는데요?"

"같이 생활하니까 어렵지는 않아요."

"저랑 또래 나이인 거 같은데 대단하십니다. 언제부터 보육원을 맡으셨습니까?"

"1년 전까진 어머니와 함께 운영했답니다. 그러니까 저 혼자 맡게 된 시기는 1년이라 할 수 있어요."

휘유. 현준은 휘파람을 불었다. 혼자서 스물두 명이나 되는 아이를 돌본다는 게 상상이 되질 않았다.

현준이 감탄하고 있자 김민희가 깊숙이 고개를 숙여 보였다.

"그리고…… 용후를 구해주셔서 감사합니다."

당황한 현준은 손을 저었다.

"고개 드세요. 용후가 아니었다면 저도 버티지 못했을 겁니다."

거기다가 용후밖에 구해내지 못했다는 점도 가슴을 옥죄었다. 당시 용후의 말에 따르면 함께 납치된 아이가 몇 명은 더 있었을 터였다. 하지만 현준이 구해낸 아이는 박용후 한 명이 전부였다.

솔직히 보육원 아이들이 밝은 모습을 보며 의아해하긴 했었다. 지나치게 밝았던 것이다. 함께 생활한 친구가 사라졌다면 우울해하거나 하늘이 뚫릴 듯이 울어도 이상하지 않을 텐데 말이다.

'체념한 거겠지. 그래야만 한다는 걸 아이들도 깨닫고 있는 거야.'

그러나 전반적인 분위기를 깨달으니 알 것 같다. 보육원의 아이들은 이곳 사회에서도 최약자다. 아이 몇 명 사라졌다고 나서 줄 어른은 많지 않았다.

며칠 우울하긴 해도 그걸로 홀홀 털어버렸을 가능성이 컸다.

깊은 맛이 난다고 감탄했을 커피가 쓰게 느껴졌다.

현준은 커피 한 잔을 입안에 털었다. 곧 바깥에서 누군가가 들어왔다.

"피자 배달왔습니다. 미르 보육원이 이곳 맞습니까?"

배달원이 한 아름 들고 온 피자 박스를 보며 김민희가 의아해하였다.

"여기가 미르 보육원은 맞는데…… 피자요?"

배달원은 영수증을 꺼내 읽었다.

"미르 보육원으로 치즈크러스트 세 판, 불고기피자 세 판, 고구마 피자 네 판 배달주문 들어왔습니다만."

연달아 다른 배달원이 보육원을 찾았다.

"치킨 배달왔습니다."

"과일은 어디에 놓으면 됩니까?"

김민희는 어안이 벙벙한 표정이었다.

"저, 저는 시킨 적이 없는데요."

"제가 시켰습니다."

그때였다.

현준이 멋쩍게 웃으며 배달원들을 향해 말했다.

"피자랑 치킨은 식탁 위에 놔둬 주세요. 아, 선생님. 혹시 냉장고 있습니까? 과일은 차게 해서 먹어야 제맛이잖아요."

김민희가 눈을 깜빡였다.

"있긴 있는데…… 요."

"다행이네요."

김민희가 한쪽을 가리켰다. 가장 큰 방의 구석에 중형 냉장고 하나가 놓여 있었다.

배달원들은 포장해 온 피자와 치킨을 식탁 위에 진열하기 시작했다. 구수한 향내가 퍼지자 아이들은 너 나 할 것 없이 침을 꿀꺽 삼켰다.

"피, 피자다."

"먹고 싶다……."

하지만 침만 삼킬 뿐 손을 대진 않았다.

그렇게 교육을 받은 모양이었다.

"형아, 이게 다 뭐예요?"

현준에게 근접한 박용후가 은근슬쩍 물었다.

현준은 뭘 당연한 걸 묻느냐는 듯 말했다.

"보면 몰라? 피자랑 치킨이잖아."

"아니, 그건 보면 알아요."

"알면서 왜 물어?"

박용후가 손가락을 꼼지락거렸다.

"혹시…… 만에 하나지만, 제가 착각하는 걸 수도 있지만요. 김칫국을 거하게 마시는 걸 수도 있지만요. 그래도 말해도 될까요?"

무슨 말을 할지는 안 봐도 뻔했다.

"먹어도 돼. 내가 쏘는 거다."

"형아, 최고!"

박용후가 양손을 번쩍 들었다.

그리고 가장 먼저 자리에 앉아 피자 한 조각을 뜯었다.

"저⋯⋯."

김민희가 조심스럽게 운을 떼웠다.

현준은 코끝을 쓸었다.

"실은 굴 안에서 용후가 저를 많이 도와줬습니다. 그 답례라고 생각하고 부담 갖지 마십시오."

"정말 괜찮은가요?"

"오히려 안 먹어주면 섭섭할 겁니다."

"그래도."

"그러면 번호 좀 주실래요?"

"제 번호를요?"

현준이 휴대전화를 꺼내며 바람처럼 가벼운 웃음을 만들었다.

"하하. 아름다운 여인의 번호를 위해서라면 이 정도 지출 따윈 아무것도 아닙니다. 싫어요?"

"아, 아니에요. 드릴게요, 번호."

머쓱한 태도로 김민희가 자신의 번호를 눌렀다. 그 번호로 전화를 걸자 김민희의 휴대전화가 울리기 시작했다.

"부담 없이 전화하셔도 됩니다."

"예······."

초면의 사람이 더 들이대는 것도 아니다 싶어서 현준은 빙그레 웃으며 박용후 쪽을 바라보았다.

박용후는 먹는데 여념이 없었다.

하는 수 없이 현준은 고개를 돌려 아이들을 바라봤다.

"안 먹을 거니?"

꿀꺽!

역시나 섣불리 움직이는 아이는 없었다. 현준은 한숨을 내쉬며 김민희를 바라봤다.

박용후야 현준과 친해져서 거리낌이 없다지만 다른 아이들은 초면이었다. 여기선 보육원 선생님인 김민희를 믿을 수밖에 없을 듯했다.

현준의 눈빛을 읽은 김민희가 미소를 지었다.

"애들아, 감사합니다, 인사하고 먹자."

"감사합니다!"

우르르!

효과는 확실했다.

김민희가 말한 즉시 아이들이 움직인 것이다. 효과가 확실해서 질투가 날 정도였다.

"치킨이다."

"피자다!'

"아, 그거 내가 찜한 건데!"

흡사 사자 우리 안에 양을 풀어놓은 광경이었다. 이럴 줄 알았다는 듯 한숨을 내쉰 김민희가 그 사이로 들어갔다.

"떽, 사이좋게 먹어야지?'

아이들이 먹는 모습을 보며 현준은 입가에 미소를 띠었다. 먹기 시작하자 통제가 되지 않는 것을 보니 천상 아이였다. 덕분에 김민희가 바빠졌지만 그녀도 썩 싫지는 않은 표정이다.

'많이 사 와서 다행이군.'

넉넉하게 사왔다고 생각했는데 금세 없어질 듯했다. 몸이 작은 아이라고 무시할 순 없을 것 같았다. 식욕은 웬만한 어른보다 더하면 더한 느낌이었다.

'나는 유복했으니까……'

유학을 가기 전, 현준은 A지구 시민이었다. 먹고 싶은 걸 먹고 하고 싶은 걸 할 수 있는 특권 계층. 당연히 배를 곯아본 적은 없었다.

만약 A지구에서 강등되어 F지구로 흘러오지 않았다면 평생 배가 고프다는 감각을 이해하지 못했을 수도 있었다. 아니, 북극에서의 경험이 없었다면 받아들이지조차 못했을 것이다.

위에 있을 땐 보이지 않은 것들이 아래로 내려와서야 보이게 되었다. 원래라면 위에서 더욱 잘 보여야 할 텐데…….

'그래서 도깨비 가면을 받아들였지.'

현준은 내심 혀를 찼다.

도깨비 가면을 쓰기 전에는 그래도 보기 싫은 것은 안 볼 수 있었다. 한데 쓰고 나서자 보기 싫은 것들도 마주할 수밖에 없게 되었다.

처음에는 단순히 범죄자를 잡겠다. 악은 응징하겠다는 일차원적인 생각뿐이었다. 하나 현재는 범위를 넓혀 일반시민을 도우며 범죄자가 만들어질 수밖에 없는 현실을 조금씩 깨우쳐 나가고 있었다.

'나는 정의의 히어로가 될 작정인가?'

현준은 고개를 저었다. 자신이 이기적이라는 것쯤은 알고 있었다. 자신의 소중한 것을 위해서라면 다소 불합리한 일은 눈 감을 수 있는 게 현준이다.

'에이, 히어로는 무슨.'

웃음이 절로 나온다.

그런 거창한 목표는 없을뿐더러 될 수도 없었다.

다만…… 굴 안에서의 깨달음이 현준의 무언가를 바꿔놓은 것은 분명했다.

현준은 굴 안에서 겪은 일을 떠올렸다.

'오온이 공(空)함을 알고 이 모든 고통에서 벗어났다. 보이는 것은 공과 같고 공 또한 보이는 것과 같으니, 보이는 현상이 공허하며, 헛된 것이 곧 보이는 현상이라. 모두 다 공허하노라.'

지난 5일간은 현상범을 쫓느라 여유롭게 사고하지 못했다. 긴장이 풀리자 지금에서야 떠오른 것이다.

하지만, 막상 떠올리니 내용이 익숙하다.

'반야심경의 내용이었지.'

현준은 턱을 쓸었다.

대학생 시절. 단순히 흥미 본위로 잠깐 공부한 경전의 내용이 왜 그때 떠오른 것일까.

그로 말미암아 개안하여 본질적인 맥을 보는 게 가능해졌다. 겉으로 보이는 게 전부가 아니라는 깨달음을 얻었다. 조금 더 넓게 사고하는 게 가능해졌다.

마음의 경전이라 일컬어지는 반야심경이라서? 당장은 알 수 없었다. 처음부터 이해 가능한 범위의 능력도 아니었고.

다만, 일차원적인 생각에서 벗어난 것은 확실했다. 굴에 갇히기 전 현준이라면 난생처음 보는 아이들에게 선심을 베풀지도 않았을 것이었다. 단순히 박용후를 챙겨주는 선에서 끝을 맺었을 가능성이 농후하다.

바뀌고 있다. 내면의 무언가가.

"형아는 안 먹어요?"

현준이 팔짱을 낀 채 바라보고만 있자 한참 치킨 뒷다리를 흡입하던 박용후가 고개를 갸웃하며 말했다.

현준은 잡념을 털어내곤 빙그레 미소 지었다.

"난 신경 쓰지 말고 먹어. 보기만 해도 배부르다."

"그거 맨날 선생님이 하는 말이에요."

"그럼 한 조각만 먹어볼까?"

"제 건 안 나눠줄 거예요!"

"내가 산 건데?"

"침 발랐으면 땡이죠."

"너무하잖아."

"현실이 그렇죠, 뭐."

"그러지 말고 나눠 먹지 않으련? 나누면 만족감이 배가 될 거야."

"나누면 반이 되지 왜 배가 돼요?"

현실적으로 맞는 말이긴 하지만 아이치곤 꿈도 희망도 없는 말이었다. 자연스럽게 드는 씁쓸함은 어쩔 수가 없었다.

'냉정한 녀석.'

딱히 배가 고픈 것도 아닌지라 현준은 잠자코 아이들이 먹는 모습을 구경하기로 했다.

「기분이 좋아 보이노라.」

돌아가는 길.

한동안 조용하던 메시아가 운을 띄웠다.

"그래 보여?"

현준은 피식 웃고 말았다. 기분이 좋다는 자각은 하지 않고 있었는데, 메시아의 말을 듣고 보니 썩 나쁘지 않은 기분이라는 걸 깨달은 것이다.

「그렇도다. 사용자가 가족과 그 아린이라는 여자 의외의 사람에게 자발적으로 선심을 베푼 것은 처음 보노라. 무슨 심경에 변화가 있는 것이더냐?」

확실히 그럴지도 모른다. 애당초 인간관계가 한정되어 있기도 했지만 누군가를 도울 땐 항상 목적이 있었다. 기브 앤 테이크. 공짜는 없었다.

하지만 이번에는 다르다. 현준은 밝은, 혹은 밝아 보이려고 노력하는 아이들에게 마음을 주었다. 박용후에게 도움받았다는 것을 구실로 적잖은 돈을 사용하기도 했다. 아무런 대가도 바라지 않고 말이다.

농 삼아 미래의 동량에게 투자한 것으로 생각하긴 하였으나 최소 20년 대계다. 현준은 그만큼 참을성 좋은 투자자가 아니었다.

"노블레스 오블리주라 하잖아."

가볍게 말해 보았지만 역시나 메시아는 넘어가지 않았다.

「내가 본 사용자는 적어도 자신이 인정한 사람 외엔 매우 박한 태도를 일관하는 이였노라. 눈앞에서 불의를 보았을 때를 제외하면 그러하노라.」

현준은 이맛살을 찌푸릴 수밖에 없었다.

"그래서 착한 놈이라는 거야, 나쁜 놈이라는 거야?"

「어정쩡했도다. 굳이 말하자면 일부러 나쁘게 보이려고 자학하는 것 같았도다.」

"굳이 뒤에서부터는 굳이 말할 필요까진 없었는데……."

현준은 곰곰이 생각해 보았다.

그런가?

그런 것도 같다.

누명을 쓴 채 우주에서 수감 생활을 하였기에 자연스럽게 벽을 만들었다. 말마따나 자신이 가족이라 인정한 사람을 제외하면 억지로 도우려고 들지 않았다.

박하게 굴지도 않았지만, 처음부터 관심을 끊었다고 보는 게 정확할 것이다. 직시하기엔 F지구의 상태가 너무나 열악하기도 했다.

'어렸을 땐 착하다는 말을 자주 들었지.'

몇 살인지 정확하게 기억이 나진 않지만 아주 어렸을 적,

길가에 쓰러진 개를 보고 울자 옆을 지나가던 이들이 '착해 빠졌군', '다시 사면 그만인 것을'이라 말하는 걸 들었다.

그런 경험이 꽤 자주 있었던 탓에 커가며 조금씩 변해갔지만 천성이 나쁘지는 않았다.

'시간이 상당히 흐른 거 같은데…… 실질적으로 메시아랑 만나고 고작 몇 개월밖에 지나지 않았군.'

현준은 새삼스레 깨달았다. 항상 붙어 다니다시피 해서 착각하고 있었다. 메시아랑 만나고 아직 1년이 채 지나지 않았다는 것을 말이다.

「진정한 자아 찾기도 나쁘지 않노라.」

"사춘기는 이미 지났거든?"

「걱정하지 말지어다. 나 메시아는 사용자의 멘탈케어와 카운슬링이 가능한 최첨단의 인공지능이도다. 고민이 있다면 허심탄회하게 털어놓아도 될 지어다.」

"털어놓으면 더 악화할 거 같단 말이지."

「나 메시아를 믿도록 하여라.」

사이비냐.

어깨를 으쓱한 현준이 이어서 말했다.

"그냥 과거 생각 좀 했어. 너한테는 말한 적이 없는 거 같긴 하다만."

「중학교 2학년 때의 과거 말이더냐?」

"그런 과거는 없다."

단호하게 고개를 저었다.

한때의 추억이라고 자기 위로를 할 수 있을지도 모르지만 웬만해선 잊는 게 정신 건강상 이로울 것 같은 느낌의 기억이었다.

"하여간 이왕지사 말이 나왔으니까 끝까지 하자고. 어정쩡하다고 말한 게 아주 틀린 말은 아니니까."

「경청하겠도다.」

인터넷, 정보의 바다.

그 바다에서 원하는 물고기를 마음껏 낚을 수 있는 게 메시아지만 현준의 세세한 기억을 이길 수는 없는 노릇이다. 적어도 현준 본인에 대해서는.

그래서 현준은 천천히 이야기를 시작했다.

A지구의 사람들과 조금은 맞지 않았던 가족의 이야기.

유학 중 겪은 일들.

그리고 북극에서 만난 누나탁…….

"……누나탁이 없었다면 지금의 나도 없었을 거야. 아예 돌아오지도 못했겠지."

「확실히 그는 좋은 사람인 것 같도다.」

"아무것도 없는 나를 도와주고, 살아남도록 기술도 가르쳐준 은인이 그야."

현준은 과거를 회상하며 눈을 빛냈다. 누나탁에 관한 이야기는 가족에게도 했지만, 해도 해도 질리지가 않는다. 그만큼 대단한 사람인 덕이다.

"아, 그와 그의 부족이 내게 자주 한 말이 있었어. 그게 무슨 뜻인지 알아낼 수 있을까?"

「내가 알아낼 수 없는 것은 없도다.」

"잉그니커마주크. 대충 이런 발음이었어."

현준은 그 단어를 떠올리곤 입에 담았다. 원주민의 발음을 따라갈 순 없겠으나 몇 번이나 들었기에 틀릴 리는 없었다.

「불의 짐승이란 뜻이도다.」

"불의 짐승?"

「아무래도 사용자를 불완전한 신과 같은 존재로 본 모양이 도다. 그들이 옛것을 전승한 부족이라면 불은 한없이 무섭고 불안정한 것이었을 터. 이해할 수 없기에 따르는 일도 인간에게 자주 있는 일이도다.」

"나를 신성시했다고?"

현준은 고개를 갸웃했다. 처음에야 외지인인 탓에 경계를 샀지만 그 이후엔 함께 웃고 떠든 기억밖에 없었다. 신성시했다면 거리를 두었을 터였다.

「무서운 건 더욱 가까이하라. 누군가가 한 격언이라는군.」

"……그랬을 수도 있겠네."

그들은 언제나 극한에 도전하는 진정한 사냥꾼이다. 두려운 게 있어선 안 된다. 그러니 현준을 도리어 가까이 두려고 했다는 것도 신빙성이 있는 말이었다.

「한데 아직도 그런 부족이 남아 있다는 게 신기하도다. 사용자는 꿈을 꾼 게 아니더냐?」

"꿈과 현실 정도는 구분할 줄 안다고."

22세기에 들어서 이누이트들도 현대인처럼 살아가는 일이 많았다. 면역력이 약한 탓에 북극을 떠나지는 못하지만 대신 기계문명을 받아들인 것이다.

현준은 침을 꿀꺽 삼키고 말을 이었다.

"뭐, 누나탁 덕분에 눈이 깨었다고는 해도 결국 돌아와선 벽을 만들었지. 그 벽이 깨진 건 최근의 일이야. 굴 안에서 깨달음을 얻었거든."

현준은 간단하게 굴 안에서 있었던 일들을 이야기했다. 그로 인해 맥을 보게 됐다는 것도 빼놓지 않았다. 그러자 메시아가 의미심장하게 말했다.

「최근의 움직임이 달라진 것도 그 깨달음 때문인가?」

굴에서 나온 직후 현준의 움직임은 확연히 달라져 있었다. 현준은 가볍게 수긍했다.

"맞아."

「흠, 그간 말은 하지 않았지만 사용자의 몸은 연구대상 감이도다. 후에 장비를 갖추거든 꼭 한 번 검사를 해보고 싶노라.」

"살살해줘."

「절대로 평범한 힘은 아닌 것 같노라.」

"역시 병원은 못 가겠지?"

「조심하는 편이 좋을 것이도다.」

현준은 한숨을 내쉬었다. 메시아의 반응이 이렇다면 진짜 과학자는 눈에 불을 켜고 달려들어도 이상하지 않았다.

'음?'

보육원에서부터 F구역으로 이어지는 길은 유독 사람이 없는 편이다. 여태껏 걸으면서 한 명도 마주치지 못했을 수준이었다.

그런데 반대편에서 이 인조가 다가오고 있었다. 평상시라면 대수롭지 않게 지나갔을 일이지만 그들의 대화와 느껴지는 분위기가 심상치 않았다.

"이쪽이 맞는 건가?"

"맞아."

"빌어먹을 사냥꾼 놈들. 덕분에 할당량만 많아졌군."

"올해는 유독 입은 피해가 크니까 어쩔 수 없지."

사냥꾼이라는 단어가 들어가는 걸 보아 어떠한 조직의 조직원인 듯싶었다.

'사냥이 끝나자마자 활동을 재개하는 건가?'

현준은 눈살을 찌푸렸다. 그러지 않기를 바라지만 사냥 기간이 끝나기 무섭게 튀어나오는 걸 보면 혹시 그 사냥이라는 것도 보여주기식 퍼포먼스인 건 아닐까.

현준은 이 인조를 지나치며 작게 말했다.

"메시아, 저 둘이 현상범인지 아닌지 알 수 있어?"

「스캔 결과 현상범 리스트에는 올라가 있지 않노라.」

현준은 팔짱을 꼈다.

'기우인가?'

그럴 수도 있었다. 괜히 확대하여 해석하는 것일지도 모르는 일이다.

현준은 혀를 차곤 길을 걸었다. 시간이 늦지는 않았지만 그간 쌓인 피로감이 한 번에 몰려들었다.

오늘은 집에 돌아가 푹 자야 할 것 같았다.

제8장

노예

현준은 F지구를 벗어나 C지구의 부동산을 이 잡듯이 뒤졌다. 2억 7천만 원이라는 거금이 생겼으니 우선 집부터 옮기고 보자는 발로의 행동이었다.

　물론 동생 경주의 학비나 여러 가지 요건을 보았을 때 사용할 수 있는 금액에는 한계가 있었다. 하여 B지구는 무리라는 결론을 내렸다.

　하지만 C지구의 터 좋은 곳에 자리를 잡을 수 있으리라 믿어 의심치 않았다. 메시아에게서 「넷에 적힌 정보보다 실매매가 훨씬 높게 잡히는 경우가 많으므로 힘들 것이도다.」라는 답변을 듣기는 했지만 현준의 의욕을 죽일 수는 없었다.

"2억 7천이면 역세권은 힘듭니다. 번화가 근처도 힘들고…… 가격대에 맞는 매물이 하나 있긴 한데, 한번 보시겠습니까?"

안경 낀 부동산업자가 자리에 앉아 홀로그램을 띄워놓고 선 말했다.

현준은 내심 한숨을 내쉬었다. 꺾이지 않는 의욕도 여덟 번이 반복되니 조금 기세가 수그러들었다. 업자들의 말은 한결같았다. 보유한 현금으로는 마땅한 집을 구하기 어려울 것이란 소리다. 그나마 지금 처음으로 매물이 나왔다는 이야기를 들었지만 좋은 조건과는 거리가 먼 듯싶었다.

"보여주세요."

그래도 만에 하나의 기대를 하고 입을 열었다. 부동산업자가 손을 휘젓자 홀로그램의 영상이 바뀌었다.

"G동에 있는 빌라 3층입니다만. 일단 갖춰질 건 전부 갖춰져 있습니다."

홀로그램 영상이 팽창하며 부동산 내부의 모습을 완전히 바꿔놓았다. 순식간에 지은 지 십수 년은 되어 보이는 낡은 빌라가 나타난 것이다.

비록 보이는 건 실재가 아닌 허상이지만 진짜 그곳에 있는 것 같은 느낌이 들었다.

이 정도의 구사율이라니. 작은 부동산치곤 상당한 고가의 장비를 유치하고 있었다.

"몇 평이죠?"

"실사용면적 기준으로 32평입니다."

32평. 가족 넷이 살기엔 적당한 평수다. 홀로그램으로 내부 전경을 훑어본 결과도 대충 그 정도의 평수가 되는 것 같았다.

「과대포장이노라. 넓어 보이기 위해 홀로그램을 일부러 넓게 펼쳐놓았도다. 그곳의 전용면적은 많이 쳐줘 봐야 20평 안팎이노라.」

메시아가 말했다. 동시에 현준의 눈살이 찌푸려졌다. 진짜 32평이라면 역세권과 조금 떨어져 있다손 치더라도 감수할 생각이 있었다. 주변 시세보다 저렴한 건 사실이니까. 하지만 평수조차 좁다면 얘기가 다르다.

'확실히…… 전형적인 장사치의 눈빛이군.'

현준은 부동산업자의 눈을 가만히 쳐다보았다. 눈앞의 남자만이 아니라 이전에 들른 일곱 곳의 업자도 비슷한 눈빛을 띠고 있었다.

"생각 좀 해보겠습니다."

"오랜만에 나온 저렴한 매물이라 금세 소진됩니다. 결정은 빠를수록 좋아요."

"알겠습니다."

짧게 고개를 숙인 현준이 부동산을 빠져나왔다.

"진짜 없네……."

몇 곳의 부동산을 더 찾아본 현준이 가볍게 혀를 찼다. 2억 가량의 현금으로 구할 수 있는 매물이 전멸하다시피 하였다. 있다고 하는 업자들도 현준을 홀라당 벗겨 먹으려는 전형적인 장사치들밖에 없었다.

'2억이 적은 돈인가?'

곰곰이 생각해 본다. 2억. 이 돈이면 F지구에서 떵떵거리며 살 수 있을 것이었다. 그런데 C지구로 나오니 가족 네 명이 살 집 하나 구하기가 어렵다.

각 지구의 땅값 사이에는 넘을 수 없는 벽이 있었다. 넷 상에 적힌 정보보다 실매매가가 훨씬 높으니 B지구에서 살려면 얼마나 돈이 많이 필요한지 감도 잡히지 않았다.

'최소 10억은 필요하겠는데.'

10억도 말 그대로 최소로 잡은 것이다. C지구에서 남부럽지 않게 살려면 그 배는 필요했다.

「사용자여. 눈을 낮추는 것도 한 가지 방법이 될 수 있도다.」

"눈을 낮춰도 한계가 있지. 너무 낮추면 안 온 것만 못해."

실제로 C지구의 아주 외곽은 지금 가진 현금으로도 구할 수 있는 집이 몇 있을 것이었다. 그러나 유독 가격이 싸면 그럴 만한 이유가 있는 법이다. 방범도 소홀한 측이기에 그들을 노리고 벌어지는 범죄가 상당하다는 이야기를 들은 적이 있었다. 그 이야기가 사실이라면 F지구에 있는 것과 하등 다를 바가 없었다.

'등급 재조정 심사를 받고 대출을 해볼까?'

현재 F등급의 시민으로선 돈을 빌려줄 곳이 없었다. 있어 봐야 제3금융인데, 이자가 너무 높다. 원금보다 이자가 많아지는 상황은 그다지 바람직하지 않았다.

제1, 2금융을 상대하려면 등급을 올려야 한다. 하지만 현상금 사냥꾼이라는, 벌이가 꾸준하지 않은 직업으로는 재조정 심사를 받기 어려울 터였다.

'이러나저러나 문제로군.'

앞으로 몇 년 돈을 모으면 해결될 문제이긴 하다. 그러나 한시바삐 이사하고 싶은 심정은 어찌할 수가 없었다. 비록 현준이 도깨비 탈로서 현상범들을 잡아들이고는 있다지만 그곳에 자신 혼자 있는 것과 가족들이 함께 있는 것은 전혀 다른 느낌이었다.

예전의 호화로운 생활은 아닐지언정 조금이라도 좋은 곳에서 살게 해주고 싶다.

「그 장부를 이용하는 것도 한 가지 방법이 될 수 있을 것이
도다.」

"장부가 그렇게나 돈이 될까?"

「모든 건 사용하기 나름이니라.」

고리대금업자의 사무실을 습격해서 비밀장부를 찾아낼 수
있었다. 고위공직자들에게 '접대'한 내용이 적혀 있는 장부
였다. 어느 정도 돈이 되리라고 짐작은 했지만 새로이 집을
살 수준이라곤 예상하지 못했다.

"장부 내용을 가지고 협박하면 되는 건가?"

「사용자여. 그보다는 그 장부를 그럴싸하게 포장하여 필요
한 누군가에게 팔아넘기는 게 더욱 남는 장사가 될 것이도
다.」

현준은 눈을 깜빡였다.

"판다고?"

「그렇도다. 비밀장부의 내용을 아는 이는 손가락에 꼽을
것이도다. 그중 핵심인물인 고리대금업자는 곧 형장의 이슬
로 화할 예정이도다. 관계된 인물이라면 이미 사람을 보내 비
밀장부를 빼낼 생각을 하고 있을 터. 실제로 그러한 움직임을
위성을 통해 확인했도다.」

의외의 내용이었다. 업자가 잡힌 지 며칠이나 지났다고?

"비밀장부를 빼내기 위한 움직임이 있었단 말이야?"

「한, 두 명이 아니니라. 많은 이가 움직였다는 말은 그만큼 장부의 내용이 신경 쓰인다는 방증이도다.」

내용을 이해한 현준은 턱을 쓸며 말했다.

"하지만 장부는 내가 가지고 있지."

「맞도다. 그들의 움직임으로 미뤄보아 장부에 무엇이 적혀 있는지 확신은 하지 못하고 있는 듯싶었도다. 실제로도 사회의 파문을 줄 정도의 내용은 적혀 있지 않았지만, 그것은 포장하기 나름이니라.」

"요컨대, 과대포장을 해서 비싸게 팔아먹자는 거군."

홀로그램을 늘어뜨려 평수를 넓어 보이게 한 부동산업자를 떠올렸다. 그와 같은 수법으로 판다면 양심에 찔리는 이가 거금을 주고 구매할 가능성이 컸다.

「정답이도다.」

"그런데 과연 살려고 들까? 이런 일이 비일비재할 텐데. 덮는 건 간단할 거 아니야?"

장부를 얻었다고 하더라도 공론화하지 못하면 아무런 위력도 의미도 없다. 그들에게 이런 일은 일상과 같을 테니, 사건을 조작하거나 덮는 건 매우 익숙하며 간단한 일일 것이었다.

하지만 그런 현준의 의구심을 메시아는 단 한마디로 종결시켰다.

「내가 바로 메시아니라.」

"아…… 네가 잘났다는 것을 그만 잊고 있었다. 그래서 어떤 형식으로 팔 생각이야?"

「간단하도다. 비밀경매도다.」

"비밀경매라. 들어본 기억이 있는 것 같군."

잘 기억은 나지 않았다. 현준이 고개를 갸웃하자 메시아가 설명했다.

「팔고자 한다면 무엇이든지 팔 수 있는 곳이도다. 비인도적인 것들도 당연하다는 듯이 팔리는 게 그곳인 고로 뒷공작은 내게 맡겨도 좋도다.」

"알겠어. 그쪽 방면은 전적으로 너한테 맡길게."

「내가 바로 메시아니라.」

"누가 뭐래?"

현준이 피식 웃었다.

'비밀경매라……!'

우연히 얻은 장부가 과연 얼마만큼의 값어치를 해줄지는 모르겠으나 메시아가 자신하는 일이다. 믿고 맡기면 기대 이상의 결과를 내줄 것이었다.

잘되면 좋은 거고 안 되어도 본전이었다.

하지만 이왕이면 다홍치마라고, 현준은 잘되었을 때를 상상했다. 자리 좋은 곳에 이사하는 그 모습을 상상하니 자연스럽게 마음이 들떠지는 현준이었다.

*　　　*　　　*

　메시아는 즉시 광범위한 넷의 바다를 돌아다녔다. 수많은
커뮤니티와 포털사이트들을 오가며 각각의 분위기를 파악하
고 추적할 수 없는 아이디를 생성했다.

　만약 아이디를 쫓는다면 몇 중의 더미(Dummy)가 추적자들
을 맞이해 줄 것이다. 그 과정에서 그들이 시간을 허비하고
있을 때 먼지처럼 사라지는 게 메시아의 회피법이었다.

　그리고 메시아는 생성된 수백 개의 아이디를 통해 자극적
인 글을 동시다발적으로 흩뿌리기 시작했다.

　당연히 비밀장부와 관련된, 연관된 이라면 알아볼 수 있는
글귀들로 장식하는 걸 잊지 않았다.

　ㅡ경찰에 몸담은 고위공직자 K 씨. 살인교사 묵인. 고리대
금업자 P 씨로부터 5천만 원 상당의 금품수수 한 내용의 비밀
장부 드러나.

　ㅡ검사 Y 씨. F지구를 공포로 몰아넣은 연쇄성폭행범 관
련, 법정공방에서의 더러운 뒷거래. 고리대금업자로 P 씨로
부터 현금 2억 원 수수. 비밀장부에 적혀 있었다.

일반인들이 보기엔 '이게 뭐야?' 싶을 내용이었다. 도배성이 있다고 판단해 몇 개의 글이 지워지기도 했다. 꺼림칙하다고 여긴 운영자가 아이디를 탈퇴시키는 일도 수없이 반복되었다.

질보단 양. 한, 두 번은 지나쳐도 세 번이면 결국 글을 클릭하는 게 인간 심리다.

하지만 이와 같은 내용이 넷에 퍼지자 이를 의아하게 여기는 사람들이 나타나기 시작했다. 내용은 다르지만 모든 글에 반드시 등장하는 고리대금업자 P 씨가 이상하다고 여긴 이들이었다.

—F지구 연쇄성폭행범이 무죄 받은 사건이면 그거 아닌가? 악덕 고리대금업자가 지시했다는…….

—나도 본 거 같음.

—검색해도 안 나오는데? 카더라 통신은 자제합시다.

—F지구는 박멸되어야 제맛. 냄새난다.

물론 반응은 제각각이었다. 그러나 조금씩 이슈화가 되고 있는 건 분명했다.

이슈화가 될수록, 더욱 빠른 속도로 글이 삭제되어 갔다.

그러자 메시아는 불붙은 듯 더욱 많은 양의 글을 사람들이 볼 만한 장소에 올렸다.

관련 내용이 실시간 검색어 3위에 올랐다가 1분 만에 사라지는 일도 벌어졌다.

아이피를 추적해도 진짜 같은 더미에 걸려 허우적거릴 뿐이었다. 더미를 파헤치고 다가갔다 싶으면 또 다른 더미가 나타나거나 아이피 자체가 말소되었다.

거의 매크로 수준으로 올라오는 글들은 분명히 한 명이 지속적으로 올리는 것이었다. 관련자들은 상당한 실력의 프로그래머일 것이라는 결론을 내렸지만, 쉽사리 정체를 밝혀낼 수가 없었다.

사람들의 관심이 쏠리자 메시아는 결정타를 날렸다.

─서울 비밀경매장에서 오는 23일 경찰 관계자 K 씨, 검사 Y 씨, 이하 97명이 저지른 비리가 담긴 비밀장부가 경매에 부칠 예정입니다.

비밀경매장과 비밀장부의 존재로 다시금 넷이 소란스러워졌다. '비밀장부'가 검색어 1위에 30초간 노출되는 일이 빚어졌을 정도다.

─비밀경매장? 그런 곳이 있어?

　─비밀장부가 사실이라면 핵폭탄급 위력일 듯!

　─비밀장부라니. 요즘 같은 시대에 그런 게 어디 있습니까? 여러분,
낚이지 마세요.

　불과 30초 만에 연예인 관련 이슈가 그 자리를 차지하긴 했
지만 상당히 퍼졌음은 두말할 것도 없다.

　본래 윗선에 피해가 되는 큰 이슈가 될 만한 일들은 곧잘
소리 없이 사라지거나 축소되곤 한다. 아니면 지금처럼 다른
이슈로 시선을 돌려 버리는 일이 비일비재하다.

　그 이슈가 사실이든 거짓이든 상관없다. 시선만 끌면 되는
탓이다. 후에 들통이 나도 짧게 사과하면 그만이었다. 이런저
런 과정에서 실수가 있었습니다. 그 마법 같은 한 마디가 판
도를 바꾸는 것이다.

　무한검열과 거짓정보. 겉에 보이는 게 사실인 양 끌려다니
는 사람들. 하지만 자신이 속고 있다는 것조차 인지하지 못하
는 이가 대부분이다. 진실을 자세히 알아보려거든 시간과 노
력이 필요하기에 가만히 내버려 두는 사람도 많았다.

　그러나 당사자들은 다르다. 특이 특진과 같은 일을 앞둔 공
직자의 경우엔 신경이 쓰일 수밖에 없었다.

　그들 외에도 사적으로 비밀장부를 사용하려는 이 또한 없

지 않았다.

짧은 시간이지만 이슈가 되는데 성공한 비밀장부.

만약 존재하는 게 사실이고, 그 내용이 사회에 혼란을 일으킬 수준의 것이라면 비밀장부는 사용하기에 따라서 엄청난 무기가 될 수 있었다.

동시에 수많은 이의 시선이 비밀경매장으로 향했다.

그들의 목표는 달랐지만 목적은 같았다.

비밀장부의 경매에 참여하기 위함이었다.

*　　　*　　　*

시간이 지나, 현준은 일상으로 돌아왔다.

아침저녁 할 것 없이 도깨비 탈로서 현상범을 잡고 F지구의 시민을 도왔다. 간혹 경주에게 학교생활을 묻거나 심심하면 메시아가 직접 만든 '학교경영 시뮬레이션 게임'을 계속했다.

'의외로 계속하게 된단 말이지.'

겉으로 보기에는 조잡하기 그지없는 게임. 이게 생각 외로 중독성이 있었다. 누군가를 괴롭히는 취미는 없었지만 하면 할수록 빠져드는 자신을 발견할 수 있었다.

모든 게 사냥 전과 같았다. 달라진 거라면 이틀에 한 번꼴로 미르 보육원을 찾게 되었다는 것이다.

아이들의 티끌 없이 맑은 미소 때문일까? 어디서도 찾아보기 어려운 그런 강한 유대가 그곳에는 있었다. 어쩌면 그 때문일지도 모른다.

"어? 형아!"

"형!"

"아저씨!"

축구를 하던 박용후가 현준을 발견하곤 크게 손을 흔들었다. 몇 차례의 방문으로 친해진 주변의 아이들도 기대감에 찬 눈빛으로 덩달아 미소를 지었다.

"이거 받아라."

현준은 가져온 커다란 비닐봉지 하나를 박용후에게 건넸다. 박용후는 낑낑대며 건네받은 봉지 안을 확인했다.

"이건 설마 과자라는 건가요."

"아껴 먹어."

"형아, 사랑해요."

박용후가 현준의 허리에 뺨을 비볐다. 현준은 질색하며 물러섰다.

"됐다, 윤석아. 고작 과자에 호들갑은."

"헤헤."

"봉지 안에 과자 말고 상자 있지? 꺼내 봐."

"……?"

박용후가 봉지를 내려놓고 과자 밑에 깔린 네모난 상자를 꺼냈다.

"이게 뭐예요?"

"후후, 열어보면 알 거다."

박용후가 의아함 반 기대 반으로 상자를 개봉했다. 그리곤 환호성을 내뱉었다.

"우와! 축구공이잖아요!"

예상대로의 반응이라 현준이 우스갯소리를 뱉었다.

"꼭 유명한 축구선수가 돼서 갚아야 한다."

다른 아이들도 그렇지만 박용후는 유독 축구를 좋아했다. 상점가를 지나가는 길에 우연히 발견해서 겸사겸사 사온 것이다.

박용후는 비장한 표정을 짓고 고개를 끄덕였다.

"명심하겠습니다. 축구장 한가득 채워서 보답으로 드릴게요!"

"그 정도는 필요 없고…… 참. 선생님은 안에 계시니?"

"감기 기운이 있어서 누워계실 거예요."

흠. 현준은 턱을 쓸며 며칠 전부터 김민희의 안색이 어두웠던 것을 떠올렸다. 근심걱정이 있는 것 같았지만, 설마 감기 때문이었나?

현준은 곧장 보육원 안으로 들어갔다.

김민희가 가장 큰 방에 이불을 덮고 누워 있었다. 인기척이 들리자 김민희는 고개를 돌렸다.

"안녕하세요."

"아, 현준 씨……."

김민희가 반쯤 상체를 일으켜 세웠다. 그것을 현준이 급히 제지했다.

"그대로 누워 계세요. 감기 기운이 있다면서요?"

"아니에요. 커피라도 대접해 드려야……."

"가뜩이나 애들 돌보는 것도 힘드실 텐데, 괜찮습니다. 약은 드셨어요?"

"예."

"혹시 제가 도와드릴 일 있으면 말씀해 주세요. 힘닿는 선에서 아낌없이 도와드리겠습니다."

"고작 감기 기운인데요."

"정말 괜찮은 겁니까?"

재차 묻자 김민희가 힘없이 고갤 끄덕였다.

"고마워요. 전 괜찮아요."

현준은 김민희의 눈 밑에 난 시름을 읽었다. 숨기고 있지만 현준의 눈을 피할 순 없었다. 고작 감기 기운 때문에 저 정도로 근심 어린 눈빛을 짓긴 힘들 것이었다.

'날이 갈수록 안 좋아지는 거 같다만……'

본인이 괜찮다고 하니 더 파고들 수도 없는 노릇이다. 현준은 한 발자국 물러났다.

"그럼 푹 주무십시오."

현준은 아이들과 축구를 했다. 오랜만에 공을 차서 그런지 서투르긴 했지만 아이들 수준에서 놀기엔 문제없었다.

전반전을 마치고 쉬는 시간. 박용후는 재차 현준에게 고마움을 전했다.

"축구공 고마워요. 저희 보물 1호로 삼을게요, 형아!"

"오냐."

이후 박용후가 슬쩍 다가와 현준의 귀에 대고 작게 말했다.

"그런데 형아. 선생님 만나보셨어요?"

"피곤해 보이시더라."

"실은 며칠 전에 무서워 보이는 사람들이 왔다가 갔거든요. 그거 때문인 거 같아요."

"무서운 사람들?"

"두 명이었는데, 그 사람들이 왔다가 간 이후부터 선생님 표정이 아주 어두워졌거든요."

현준은 보육원에 온 첫날을 회상했다. 가는 길에 마주친 이인조 갑자기 떠오른 것이다.

"그 사람들이랑 선생님이 무슨 말 하는지 들었어?"

"아니요. 하여간 표정이 무서웠어요. 제가 어쩔 수 없을 만큼."

"아직 어려서 그래. 크면 네가 그런 사람들을 쫓아낼 수도 있을 거야."

현준은 박용후의 머리를 토닥였다.

"형아, 선생님을 잘 부탁해요."

"어? 선의의 경쟁은 포기한 거야?"

박용후가 한숨을 푹 내쉬었다.

"아무래도 저 같은 어린애보단 형이 더 가능성이 크지 않겠어요?"

"이야, 웬일로 현실을 깨달았대?"

"저도 알 건 다 알거든요."

김민희를 포기해서일까? 표정이 상당히 어두웠다.

현준은 그런 박용후의 등을 두드렸다.

"죽을상 그만 짓고. 축구나 하자. 애들이 기다리고 있잖아."

현준 나름의 배려에 박용후가 억지웃음을 지었다.

"그래도 축구는 제가 이길 거예요."

"백 년은 일러."

재개된 축구. 한 시간 내내 현준과 아이들은 흙바닥을 누벗다.

간혹 보이는 박용후의 표정이 심상치 않았지만 현준은 박
용후가 김민희를 포기해서라고 생각했다.

이게 박용후가 보내는 메시지였다는 것을 깨달은 건 조금
의 시간이 지난 후였다.

평소와 마찬가지로 보육원을 찾은 현준은 주변 분위기가
팍 가라앉은 것을 느꼈다.

매일같이 가지고 놀던 축구공이 구석에 덩그러니 놓여 있
고, 아이들 몇몇은 울상을 지으며 바닥만 차대고 있었다.

"오늘은 안 노니?"

"형……."

"아저씨!"

아이들은 현준을 보자마자 눈물을 글썽였다. 돌아가는 분
위기가 평소와 명확하게 다르다는 걸 인지한 현준이 진지하
게 물었다.

"무슨 일 있는 거야?"

"용후가, 용후가……."

"용후? 용후가 왜?"

"용후가 없어졌어요!"

"……없어졌다니?"

현준은 순간 어안이 벙벙해졌다. 단순히 몇 시간 안 보이고의 수준이 아닌 것 같았다.

"선생님은 어디 계시고?"

자세한 사항을 듣기 위해선 김민희가 필요했다.

이어 아이가 입술을 부들부들 떨면서 말했다.

"차, 찾으러 나가셨어요."

"언제?"

"조금 전에요."

현준은 눈살을 찌푸렸다.

그 찰나 다른 아이가 보육원 안에서 편지 한 통을 가져왔다.

"용후가 남긴 편지예요. 선생님은 이걸 보시고 바로 나가셨어요."

현준은 편지를 건네받고 즉시 읽기 시작했다.

글씨는 형편없었지만 몇 번이나 지운 흔적이 역력했다.

편지를 읽어나갈수록 현준의 표정은 점차 굳어졌다.

'멍청한 놈!'

현준은 편지를 움켜쥔 채 보육원을 빠져나왔다.

다행히 나간 지 얼마 안 된 김민희를 추적하는 일은 제법 쉬웠다. 박용후는 여전히 소식이 없었지만 김민희의 위치는 확실하게 알 수 있었다.

"메시아. 계속해서 추적해 줘."

「알겠도다.」

메시아는 위성을 이용해 김민희의 위치를 실시간으로 알려주었다. 현준은 그 뒤를 쫓으며 박용후가 남겼다던 편지의 내용을 되새겼다.

선생님. 고마워요. 선생님이 아니었다면 저는 살지 못했을 거예요. 저번에는 저만 운 좋게 살아나올 수 있었지만…… 이번에는 확실하게 도움이 되고 싶어요. 선생님. 저도 그렇고 굴에 갇힌 다른 아이들도 선생님을 원망하는 사람은 한 명도 없어요. 보육원이 남으려면 어쩔 수 없었다는 것쯤은 모두 알고 있어요. 그러니까 마음의 짐을 더세요. 저를 찾지 마세요.

자세한 경위까진 파악할 수 없지만 박용후는 스스로 팔려가는 길을 선택하였다.

그리고 저번이라 함은 미치광이 과학자에게 잡혀 굴에 갇힌 일을 말하는 것일 테다.

'납치당한 게 아니었어.'

당시 박용후는 현준에게 납치당했다고 말했다. 하지만 편지의 내용을 보니 납치당한 건 아닌 듯싶었다.

팔려간 것이다.

그러나 팔렸다고 말하려면 자연스럽게 김민희를 지목하지 않을 수 없다. 그게 싫어서 박용후는 굳이 거짓말을 한 것이었다.

적어도 이번과 다르게 미치광이 과학자에게 팔려간 것은 자의가 아니었다는 걸 알 수 있었다.

'꼬맹이 주제에……'

현준은 김민희에게 깊은 실망감을 느낌과 동시에 미련한 박용후에게 욕지기를 내뱉었다.

꼬맹이 주제에 박애 정신에 눈을 뜨기라도 했단 말인가? 어림 반푼어치도 없는 소리다.

그제야 현준은 자신이 보육원을 드나든 확실한 이유를 상기하게 되었다.

위태위태해 보였기 때문이다!

그것은 마치 모래성과 같아서 누군가가 지탱해 주지 않으면 단번에 무너져 내리고 말 것만 같았다.

그래서 자신도 모르는 사이에 보육원에 발길을 옮기고 있었다.

「사용자여. 박용후라는 아이가 어디에 있을지 짐작 가는 곳이 있도다.」

"짐작 가는 곳?"

「실은 미치광이 과학자를 조사하며 그가 사람을 조달한 방식을 알아보았도다. 납치도 있었지만, 비밀경매장을 통해서 사들이기도 하였노라.」

의미심장했다. 현준이 혹시 몰라 되물었다.

"그 비밀경매장이라는 곳에서 설마 사람도 파는 거였어?"

「그렇도다. 인간 노예의 판매도 공공연하게 벌어지고 있도다. 특히 아이들이 많이 팔리노라.」

현준은 입술을 깨물었다. 그런 비인도적인 일이 지하에선 공공연하게 일어나고 있다는 말이었다.

"설마 박용후도 그 비밀경매장에 있다는 말이야?"

「그럴 가능성이 충분히 있도다.」

"……."

안 좋은 느낌이 강하게 들었다.

「어찌할 것이냐?」

현준은 즉시 답했다.

"우선 선생님에게 제대로 된 이야기를 들어봐야겠어."

궁금한 점이 많다. 또한 박용후가 있는 확실한 위치를 김민희가 알고 있을 것이라는 생각이 들었다.

아이들을 경매장에 넘긴 경력이 있는 그녀였으니…… 말이다.

'어떻게 사람을 사거나 팔 수가 있는 거지?'

일반적인 고용과는 전혀 다르다. 실제로 박용후는 미치광이 과학자에게 인체개조를 당할 뻔했다. 경매장에서 노예로 팔린다면 앞날이 불분명해지는 것이다.

'제길!'

현준은 이를 갈며 속도를 높였다. 가슴 안팎으로 보이지 않는 불길이 거세게 치솟고 있었다.

『퍼펙트 로드』3권에 계속…

FANATICISM HUNTER

광신사냥꾼

류승현 판타지 장편 소설

FANTASY FRONTIER SPIRIT

「블레이드 마스터」의 류승현 작가가 펼쳐내는
판타지의 새로운 신화!

마도대전을 승리로 이끈 유리언 대륙의 영웅,
최강의 아크 메이지 제온!

그러나 '세상의 섭리'에 아내와 아이를 빼앗기는데…….

『광신사냥꾼』

만약 그것이 정말로 세상의 섭리라면,
그마저도 무너뜨리고 말리라!

복수를 위한 제온의 위대한 여정이 시작된다!

Book Publishing CHUNGEORAM

유행이 아닌 자유추구 -
WWW.chungeoram.com

말년병장
이등병되다!

에바트리체 장편 소설
FUSION FANTASTIC STORY

대한민국 남자라면 알고 있을 바로 그 이야기!

『말년병장, 이등병 되다!』

전역을 코앞에 둔 말년병장, 이도훈.
꼬장의 신이라 불리던 그가 갑자기 훈련병이 되었다?!

"…이런 X같은 곳이 다 있나!"

전우애 넘치는 군인들의
좌충우돌 리얼 군대 이야기!

Book Publishing CHUNGEORAM

유행이 아닌 자유추구 -
WWW.chungeoram.com

말년병장 이등병되다!

에바트리체 장편 소설

FUSION FANTASTIC STORY

대한민국 남자라면 알고 있을 바로 그 이야기!

『말년병장, 이등병 되다!』

전역을 코앞에 둔 말년병장, 이도훈.
꼬장의 신이라 불리던 그가 갑자기 훈련병이 되었다?!

"…이런 X같은 곳이 다 있나!"

전우애 넘치는 군인들의
좌충우돌 리얼 군대 이야기!

LORD

FANTASY FRONTIER SPIRIT

RAY SHADE

영주 레이샤드

한승현 판타지 장편소설

저주받은 영지 아베론의 영주 레이샤드.
열다섯 번째 생일날,
정체불명의 열쇠가 그의 운명을 바꾸었다!

『영주 레이샤드』

시험의 궁을 여는 자, 원하는 것을 얻으리니!
시련을 극복하고 새로운 땅의 주인이 되어라!

레이샤드의 일대기가 시작된다!

FANATICISM HUNTER

광신사냥꾼

류승현 판타지 장편 소설

FANTASY FRONTIER SPIRIT

『블레이드 마스터』의 류승현 작가가 펼쳐내는
판타지의 새로운 신화!

마도대전을 승리로 이끈 유리언 대륙의 영웅,
최강의 아크 메이지 제온!

그러나 '세상의 섭리'에 아내와 아이를 빼앗기는데……

『광신사냥꾼』

만약 그것이 정말로 세상의 섭리라면,
그마저도 무너뜨리고 말리라!

복수를 위한 제온의 위대한 여정이 시작된다!

Book Publishing CHUNGEORAM

유행이 아닌 자유추구
WWW. chungeoram.com